啊,拓荒者!

〔美〕薇拉·凯瑟/著
资中筠/译

O Pioneers!

二十世纪外国文学大家小藏本

Willa Cather
O Pioneers!
根据 Houghton Miffin Company 1941 年 Sentry Paperbound 版译出。

图书在版编目(CIP)数据

啊,拓荒者!/(美)薇拉·凯瑟著;资中筠译.—北京:人民文学出版社,2017
(蜂鸟文丛)
ISBN 978-7-02-012543-2

Ⅰ.①啊… Ⅱ.①薇… ②资… Ⅲ.①长篇小说—美国—现代 Ⅳ.①I712.45

中国版本图书馆 CIP 数据核字(2017)第 044169 号

责任编辑	马爱农	
装帧设计	刘　静	
责任印制	徐　冉	
出版发行	人民文学出版社	
社　　址	北京市朝内大街166号	
邮政编码	100705	
网　　址	http://www.rw-cn.com	
印　　刷	三河市西华印务有限公司	
经　　销	全国新华书店等	
字　　数	116千字	
开　　本	787毫米×1092毫米　1/32	
印　　张	8.625 插页4	
印　　数	1—6000	
版　　次	1998年5月北京第1版	
印　　次	2018年10月第1次印刷	
书　　号	978-7-02-012543-2	
定　　价	32.00元	

如有印装质量问题,请与本社图书销售中心调换。电话:01065233595

Hummingbird
CLASSICS
蜂 鸟 文 丛

薇拉·凯瑟（1873—1947）

美国著名小说家。她着力表现"拓荒时代"的典型人物，思想境界高爽纯洁，艺术风格舒缓清新。代表作有《啊，拓荒者！》《我的安东尼亚》等。

《啊，拓荒者！》是美国女小说家薇拉·凯瑟的代表作。19世纪末，女主人公、瑞典移民亚历山德拉来到美国内布拉斯加的原始荒野。她凭着自己的英勇胆识、勤奋劳作、热情好客和敢于同现实做斗争的精神，战胜了种种的困难，创造出了自己心目中美好的生活图景。

薇拉·凯瑟
Willa Cather

出版说明

二十世纪,世界文坛流派纷呈,大师辈出。为将百年间的重要外国作家进行梳理,使读者了解其作品,人民文学出版社决定出版"蜂鸟文丛——二十世纪外国文学大家小藏本"系列图书。

以"蜂鸟"命名,意在说明"文丛"中每本书犹如美丽的蜂鸟,身形虽小,羽翼却鲜艳夺目;篇幅虽短,文学价值却不逊鸿篇巨制。在时间乃至个人阅读体验"碎片化"之今日,这一只只迎面而来的"小鸟",定能给读者带来一缕清风,一丝甘甜。

这里既有国内读者耳熟能详的大师,也有曾在世界文坛上留下深刻烙印、在我国译介较少的名家。书中附有作者生平简历和主要作品表。期冀读者能择其所爱,找到相关作品深度阅读。

"丛书"将分辑陆续推出,"蜂鸟"将一只只飞来。愿读者诸君,在外国文学的花海中,与"蜂鸟"相伴,共同采集滋养我们生命的花蜜。

人民文学出版社编辑部
二〇一六年一月

经久不衰的完美境界
——初译本序

多年以前,偶然得到一本小书——美国女作家薇拉·凯瑟(Willa Cather)的《啊,拓荒者!》(O, Pioneers!),一下子被它那特有的魅力吸引住了,不忍释手,一口气读完,感到一种不寻常的美的享受。后来又因偶然的机缘,应人民文学出版社之约,把这本小书译出来,以飨中国读者。

本书的扉页献词——

> 纪念萨拉·奥恩·朱厄特
> 在她的精致劳作之中,蕴含着经久不衰的完美境界——

可以概括作者在书中的追求,以及这件精致的作品所达到的那种美的精神境界。如果把朱厄特的名字换作作者本人,或是书中的女主人公亚历山德拉·柏格森,那也十分恰当。

　　这是一个人类发展史上不断重复的故事,古老而常新,平凡而惊心动魄:一群赤手空拳的男女老少,背井离乡来到一片原始的荒野,筚路蓝缕,创业维艰。有的人壮志未酬,中途倒下;有的人知难而退。胜利终于属于那些坚韧不拔,信心、毅力和智慧都超群的人。于是那野性的大自然的烈马般的反抗被驯服了,昔日荒山野岭变成千里沃野。人终于用双手建立起美好的家园和丰衣足食的生活,人也从这求生存的搏斗中得到自我完成。

　　可以从各种不同的角度来谈《啊,拓荒者!》:例如,从中了解美国边疆开拓史,研究美国在二十世纪初资本主义发展中田园诗般的人际关系的解体,邻里、家庭、两性关系的嬗变,还有宗教在那一代人的生活中所占的地位和作用,等等。但是作为传世的文学作品,这本小书的独特的魅力,在于它处处洋溢着一种纯朴、含蓄而动人心弦的美。这种美来自对土地的深沉的爱。可以说从扉页题词到最后一行字,都溶进了作者心灵深处与土地相关联的那种炽热的激情、执着的追求、刻骨铭心的依恋、希望与失望、痛苦与欢乐、美好的向往、无私的奉献……这一切织成了一部交响诗。的确,这是一本可以当作诗来读的小说。

对土地的特殊感情来自征服土地的艰苦卓绝的斗争。最初:

> 这土地不愿有人来干扰它,它要保持它固有的凶猛的力量、野性的美和连绵不断的哀愁。

头几年的辛勤劳动似乎白费了:

> 犁耙几乎没有在地上留下什么痕迹,像是史前期的动物在石头上留下几道浅浅的爪印,太模糊不清,使人觉得很可能是冰川的遗迹,而不是人类奋斗的纪录。

土地最后一次向敢于进犯的犁耙发起反抗,来一个连续三年大旱,颗粒无收。逼得多少人再一次举家迁徙,流落他乡。但是对于像亚历山德拉·柏格森那样坚持下来又懂得怎样对待它的人,它终于——

> 忽然一下子自己工作起来了。它从沉睡中觉醒,舒展开来,真大、真富。

且看那令人心旷神怡的春耕景象:

> 那散发着这样茁壮、洁净的芳香,孕育着这样强大的生机和繁殖力的褐色土地,俯首听命于犁耙。犁头到处,泥土发出轻柔的、幸福的叹息,乖乖滚到一旁,连犁刀的光泽都丝毫无损。

那土地"毫无怨色,毫无保留地把自己的一切奉献给那变化多端的四季",以至于自己曾经毫无保留地为它奉献了全部青春年华的亚历山德拉竟感到是在坐享其成!而自幼酷爱作画的卡尔,十几年后归来看到的是一幅他无论如何也画不出来的最美的图画,画布是那广阔无垠的土地,画家就是亚历山德拉!

书中女主人公亚历山德拉正是这种与土地息息相关的、坚实、内在的美和智慧的化身。她几乎没有无忧无虑的童年,也没有尽情欢乐,谈情说爱的青春。她没有时间在衣着上下功夫,同她朝夕相处的人也很少有人注意她美不美。但是书中处处都使人感到她是美的。对她的外表,书中着墨不多,只知道她身材健壮,皮肤晶莹如雪,眼睛是湛蓝的,有一头火一般的浓密的头发,却经常梳两条粗辫子盘在头上。有几段对她最精彩的描写都是把土地、劳动、景色和她心中美好的感情融于一体,情景交融,美不胜收。

那个被卡尔永远铭刻在记忆中的瑞典姑娘:

> 裙子用别针别起,头上什么也没有戴,一手拎一只锃亮的桶,全身沐浴着乳白的晨曦……当他看见她自由自在地走来,看见她那昂起的头和安详的肩膀时,经常觉得她好像就是从晨光中走出来的。

在那逼得乡亲们卖地出走的大旱之年,亚历山德拉到邻村考察后却信心倍增,在归来的路上,她是那样容光焕发,使她最亲密的小弟弟都感到惊奇:

> 自从这块土地从地质纪元前的洪水中涌现出来以来,也许是第一次有一张人脸带着爱和渴望面向着它。她觉得这土地太美了,富饶,茁壮,光辉灿烂。她的眼睛如痴如醉地饱览着这广阔无垠的土地,直到泪水模糊了视线。

当天晚上,她仰望星空,思索大自然运行的规律,感到同她的乡土发生了一种新的关系:

> 她以前从来没有意识到这乡土对她多重要。那长草深处的啾啾虫鸣就是最优美的音乐。她觉得好像她的心也埋在那里,同鹌鹑、鸻鸟以及一切在阳光下低吟、长鸣的野生动物在一起。她感觉到未来正在那蜿蜒的、粗野的土岗下躁动着。

亚历山德拉的智慧,也不属于聪明外露、才思敏捷那种类型。她是农家的典型:踏实、厚重,有时甚至有些迟缓。但是她比她的两个弟弟,比周围的邻居多一些头脑,多一些追求,能吸收新鲜事物,敢于冒一定风险。这种素质把她同那些闭塞守旧的乡亲区别开来,决定了她总是比别人先走一步。这是创业者、经营者的素质。世界各国第一代白手起家的企业家都具备这种素质。但是正因为她内在的聪明智慧,使她虽然锋芒不露,却显得鹤立鸡群。所以她缺乏真正的知音。尽管她以自己的成功创业和慷慨待人赢得了邻里的尊敬和爱戴,她内心是寂寞的。人们习惯从她那里得到帮助和关心,却没有人想到她也需要理解和关怀。唯一真正赏识她的美、理解她的是卡尔·林斯特仑姆。

亚历山德拉同卡尔的友谊、爱情和最终结合也是同她的性格和全书的基调一致的。他们两人一起度过了黯淡的童年和青少年,在患难中互相安慰、互相支持。艰难的岁月迫使他们在精神上过早地长大,但是爱情却来得那样地迟。他们从没有过花前月下,海誓山盟,有的只是相互深切地理解和信任。唯有他们两人能互相挖掘出常人见不到的内在的美好品质;唯有卡尔真正理解土地对亚历山德拉意味着什么;唯有卡尔能充分赏识她在经营农场中显示出来的非凡的才华;唯有卡尔注意到她是多么地美,从那个拎着奶桶的小姑娘到成功的中年女农场主,始终是一样地美。反过来,也唯有亚历山德拉能在世俗的轻蔑、偏见、怀疑和非议之中始终保持对卡尔的无限信赖,不论他是否"成气候",她只要他精神上的支持。这真是难得的知己啊!巴尔扎克说过,"没有友谊的爱情只能是调情"。而卡尔和亚历山德拉的迟发的爱情恰恰是建立在几十年历尽沧桑、坚贞不渝的纯真的友谊之上的。时间是太长了些,带有那个时代和农业社会的特点。但是这种爱情确实不同于那一见钟情的爱慕和追求,它如金子般闪光,如金刚钻般坚固。

今天,当人们想起美国时,往往想到的是"硅谷",是"月球人",是那高消费的社会和灯红酒绿的繁华都市,还有被曲解和夸大了的放任自由。谁还想到,不到一百年前,在那寒风呼啸望不到边的旷野荒郊,那些开垦处女地的移民们是怎样洒尽汗水,怎样搏斗过来的。也许连多数美国人也很少去想它了。书中主人公是瑞典移民,不过这故事除了某些细节外也适用于其他国家移民。美国本来是以移民立国的,整体的"美国人"就是来自世界各地的移民所组成,只不过有先有后。这些移民开发和建设这块新大陆的功劳是不可磨灭的。今天,高度工业化之后的美国人(不论是哪国人的后裔)的性格和道德观念似乎已经同书中的人物相距很远,但是仔细挖掘起来,那种创业精神仍然是构成作为整体的美国人的品质的精华。每个民族之所以兴,所以衰,除了其他外在的原因外,总有其作为民族特点的内在原因。而体现在

· 啊,拓荒者! ·

亚历山德拉身上那种既踏实苦干,又敢于创新,既善于用手,又善于用脑,充满自信,勇往直前的精神,也许就是生活在这新大陆上的各民族后裔共同带给它的珍贵的贡献。美国之所以兴,与此有关。

这本小书所包含的美是摆脱了一切浮华和矫饰的,健康、充实、高尚、持久的美,是同真和善相联系的美。也许惯见五颜六色的廉价假宝石之后,发现一块洁白无瑕的璞玉的那种清新和惊喜之感,可以同读这本书时的感受相比拟。

译　者
一九八七年

信、望、美的追求

——《啊,拓荒者!》重版序

一九九七年是薇拉·凯瑟(Willa Cather,1873—1947)逝世五十周年。我一直认为她是一位非常值得介绍给我国读者的美国作家,无论是从文学、美学的角度,还是从深入了解美国,乃至广义的"精神文明建设"的角度都是如此。而于凯瑟的众多著作中,我又对《啊,拓荒者!》情有独钟,初版序言意犹未尽,再作一些补充:

自始至终弥漫于全书的是一股蓬勃朝气,向上、向善,充满希望。这希望来自劳动,来自创造,来自人的自信。一切有生命的东西:人、马、草、木、庄稼,乃至野鸭、秋虫都是健康的,生机勃勃。对于大自然的严酷和人所经历的艰苦卓绝的生存条件,作者尽情描写,毫不留情,但是,看不见任何潦倒相。要么咬紧牙关坚持奋斗,直到战胜自然;

要么对土地失望,远走他乡,另谋出路。却没有那种懒懒散散,"凑合着"活下去,以无病呻吟、怨天尤人打发日子的景象。柏格森太太,一个最平凡不过的家庭妇女,为在极困难的条件下保持一个整洁的家进行了不屈不挠的斗争,使得这个家没有在精神上解体,就体现了这种难能可贵的精神。

故事是从柏格森先生之死开始的。他在这土地上奋斗了十一年,到头来还清债务后等于还得从零开始,而他已耗尽生命,永远倒下了。即便如此,他还没有对这土地失去信心。他弥留之际向儿女留遗言的病床边气氛是沉重的,但是没有眼泪,有的是对家业的托付和承诺。这个故事写了许多生离死别的场面,也写了极度的痛苦和悲哀,有的惊心动魄,但是没有悲悲切切的哭泣和哀鸣,唯一的一次正面写到哭泣,是柏格森太太表示决不离开"分界线"——他们的家园所在地。这种精神体现了新大陆的移民的特质:他们毅然决然背井离乡来到这天涯地角,就是准备冒风险、披荆斩棘、白手创业的。因循守旧,甘于苟活下去的人就不会来了。

这种精神力量的重要源泉之一是宗教信仰。

薇拉·凯瑟本人是虔诚的基督教徒,本书中的人物信奉不同的教派,但是都能和睦相处。宗教对他们说来是精神的支柱,是感情的最终寄托,可以使受苦的心灵得到慰藉,可以使尘世的情欲得到升华,甚至可以打破生与死的界限。对此最精彩的描写是阿梅代葬礼那一章:一个鲜龙活跳的小伙子,一年前刚和心爱的姑娘举行了热闹的婚礼,摇篮里有一个新生的娃娃,地里有一架新买的收割机,麦田里丰收在望,在这样令人艳羡的美满幸福之中竟意外地死了。这是多么令人难以接受,对年轻的妻子又是怎样沉重的打击!但是作者的笔墨没有放在亲人呼天抢地的哭声,和乡亲们沉重的哀悼上,而是别出心裁地把葬礼安排在为适龄少年举行的"坚信礼"的次日。主教把自己的时间在生者与死者之间平分,而重点在生者,因为,如本章开头第一句话所说:"教会一向主张,生活是为生者而存在的。"于是同一村的乡亲们在为阿梅代的葬礼准备黑纱的同时,也为那些少年们准备白衣衫、白面纱。"坚信礼"是每个少年正式为教会接纳的第一个门槛,也是每一家的大事,几乎倾镇出动。尽管参加者中有穿丧服的阿梅代的亲戚,但是在"万福,玛丽亚"的动人心弦的歌声中列队而入的白衣少年一张张清秀、虔诚的脸庞毕竟代表着未来,代表者希望。阿梅代的生前好友们在教堂前带着深切的怀念诉说关于他的种种,他们坚信"那只看不见的手臂现在还在阿梅代身边;他通过尘世间的教堂到达了千百年来'信'和'望'的最终目标——凯旋堂"。

年轻的骑士们热情奔放地齐步策马迎接主教,并低头接受主教祝福,那令人心醉的一幕完美地表现了薇拉·凯瑟心目中宗教的圣洁与现世的青春活力相结合。此情此景令人心醉:

> 一声令下,年轻人都骑上马缓步走出村庄;但是一旦出了村子,来到晨光普照的麦地,他们都收不住自己的马,也控制不住自己火样的青春热情奔放。他们渴望做一次耶路撒冷朝圣之行……他们迎上了主教,他坐在敞篷马车里,由两名教士陪伴。小伙子们像一个人一样齐刷刷用一个大幅度的动作脱帽致敬,并低下头来,让这端庄的老人举起两个手指,施以主教的祝福。骑士们像卫队一样向马车靠拢。主教……向传教士们说:"多

好的小伙子,我们教会仍旧有自己的骑兵。"……当队伍经过离村半里的墓地时……老比埃·塞甘已经拿着镐和铁锹在那里掘阿梅代的墓穴了。主教经过他时他脱帽下跪。小伙子们不约而同地目光离开老比埃,转向山上的红色教堂,金色的十字架在尖顶上发出火焰一般的光芒。

书中的主人公,成功的女农场主亚历山德拉自己更是不止一次从宗教中求得安慰:坚强如她,总也有心力交瘁,渴望有所依靠的时候。每当此时,经常有一只强有力的臂膀在她似梦非梦之中出现,把她托起而行,直到疲劳尽消。最后,她因最钟爱的小弟艾米之死的打击,大病一场时,终于悟出这臂膀属于谁。书中含蓄地暗示,在她感到举目无亲,心灵极度孤寂时,曾有过把自己托付给那个梦中出现的"最全能的爱人"之想。但是,当她的童年挚友卡尔终于回到她身边之后,她就不再做那个梦了。所以,不论是对法国教堂周围的年轻人,还是对亚历山德拉而言,宗教只是缓解剂、净化剂,它给在求生存的斗争中身心俱疲、伤痕累累的人们提供一个休憩和愈合创伤的场所,而不是吸引人们去逃避现实。它决不能代替尘世间绚丽多彩的生活和对现世幸福的追求。总之，它给予的启示是入世的而不是避世的，否则就没有拓荒精神了。

不少中外论者认为薇拉·凯瑟的作品代表了美国迅速走向工业化和急剧城市化时代对农业社会的怀恋，和在人的性灵为物质文明所壅塞时对精神美的呼唤和维护。的确是如此。但是这决不同于中国式的向往世外桃源的隐逸情怀。作者尽管以大量篇幅正面写了亚历山德拉——实际也是作者自己——对土地的深厚感情，而外面的大世界对生活在农场的人们还是有强烈的吸引力。亚历山德拉本人不会离开土地，但是对于作为她的骄傲、她的希望的小弟艾米，她的目标却是要他脱离土地去闯天下，去过新的生活。有一段貌似轻描淡写的同卡尔的谈话，却是意味深长的：亚历山德拉说"我宁愿要你的自由而不要我的土地"，卡尔的体验则是"自由意味着哪里都不需要你"，在他描述了纽约那种城市中"人"如何丧失个性，迷失自我，及人际关系的冷酷之后，亚历山德拉说：

可是我还是宁愿让艾米像你那样成长起

来,也不要像他两个哥哥那样……我们变得越来越粗笨、沉重。我们不能像你一样轻便地行动,我的思想也逐渐僵化。如果世界不比我的玉米地更广阔,如果除了这个之外就没有别的,我就会觉得没有什么值得为之操劳的了。不行,我宁愿让艾米像你一样也别像他们一样……

为加强她这个观点,亚历山德拉又讲了一个长工的妹妹的故事:那个女孩子在没有到过玉米地以外的世界之前,生活的单调使她苦闷得企图自杀,但是在家人把她送到别的州逛了一趟之后,再回到原处,情绪就变了样,说是生活在这样广大、这样有趣的世界上就心满意足了。亚历山德拉说自己也是由于知道了外边广大世界的情况才安于自己的生活的。

这一段话篇幅不多,却很重要,使得这本书不属于反对工业化的重农主义。农民的心态、生活方式、价值观念与工业化城市居民有很大差别,这点甚至在今天的美国仍然相当明显地存在。但是亚历山德拉对土地的眷恋与我们所熟悉的那种世世代代困守一隅,闭塞、保守的农民是大不相同的。美国农业现代化几乎与工业发展同步,而且农村很快享受到工业化的好处。不出一代人,那块土地上的生活就大变样:许多人家装上了电话,阿梅代用上了收割机,甚至纽约、华盛顿的政党政治也已影响到这里,像罗·柏格森那种刚刚"脱贫"没几年的青年农民就已经有了党派倾向,以西部代言人自居,对参政跃跃欲试了。这就是美国。这批拓荒者是美国的中坚,他们的故事是美国发展史一个侧面的缩影。洋溢于字里行间的青春活力给人以"满园春色关不住"之感,但是出墙来的并不是一枝红杏,而是像火焰般怒放的红色野玫瑰。作者着意要写的就是这火一样的青春,它浓缩在卷首的诗篇中:

> 这一切啊衬托出青春
> 像火红野玫瑰般怒放,
> 像云雀在田野上空歌唱,
> 像明星在薄暮中闪光。
> 柔情恼人的青春,
> 饥渴难耐的青春,
> 激情奔放的青春,
> ……

最后,文学之为"文"学,自然与文字分不开。优秀的作家及其作品的要素之一,就是要在文字上见功力。单纯从这个角度看,这本书堪称美文,在英语创作中实属上乘。首先是朴实、凝练,从每一个场景到全书,都是以简短的文字表达极为丰富的内涵,使之非常耐读,每读一遍都能有新的发现和收获。更具特色的是作者特别善于用文字作画,从开卷内布拉斯加高原上狂风怒号中挣扎的汉努威小镇起,就把读者带进一幅幅风景画中,而且寓情于景,与人物的心境协调一致。前面举的法国教堂前青年骑士迎接主教的画面是一例。这种情景交融的画面随处可见:卡尔在万道金光腾细浪的草地上对着火红的曙光怀旧,麦丽在萤火虫与点点星光交相辉映的夜空下游荡,艾米在午后耀眼的阳光下,在弥漫着熟透了的麦子香气的空气中骑马狂奔,把生命沿途倾泻……作者似乎对写光的色彩有偏爱,例如在麦丽的果园中,通过卡尔的眼光所看到的雪肤白衫的亚历山德拉和棕色的麦丽在强烈的阳光下构成对比的美丽图画就是很典型的。还有艾米最后一次走进麦丽金光荡漾的果园,此时的景色与自觉感情已经升华的人物心境相一致,光成了主体,"光才是现实世界,而树木不过是用来反映和折射光线的间隔物"。这些画面都使人想起印象派大师雷诺阿的作品。

薇拉·凯瑟以这本小书给了我们极大的美的享受。毋庸赘言,这不是美国拓荒者故事的全部。除了这令人神往的田园诗般的境界之外,美国开发的历史还有充满血污的弱肉强食的故事。从美国西部的牛仔电影中也可见一斑。那里的主人公并不都是个个敬畏上帝、以清教徒的道德自律的典范。尽管如此,这本书仍是写实之作,它所挖掘的仍然是在这片新大陆上留下自己的业绩的拓荒者们的精神的本质。没有这种精神,美国不可能成为今天的美国。

译 者
一九九八年

目　次

第一部　荒原 ················· 5
第二部　领土 ················· 63
第三部　冬忆 ················· 153
第四部　白桑树 ··············· 170
第五部　亚历山德拉 ············ 220

好一片田野,五谷为它着色!

——密茨凯维支

纪念萨拉·奥恩·朱厄特
在她瑰丽而精致的劳作之中,
蕴含着经久不衰的完美境界

草 原 之 春

黄昏、平原,
富饶,阴沉,默默无言;
千里沃野,犁痕犹新,
黑重,粗壮,严酷无情;
茂盛的麦子,疯长的野草,
辛苦的马,疲劳的人;
漫漫长路,空无人迹,
落日余晖,如火将熄,
还有那永恒的、呼不应的苍天。
这一切啊衬托出青春
像火红的野玫瑰般怒放,
像云雀在田野上空歌唱,
像明星在薄暮中闪光。
柔情恼人的青春,
饥渴难耐的青春,

激情奔放的青春,
唱啊,唱啊,
歌声来自沉默的唇边,
歌声来自苍茫暮色间。

第一部 荒 原

一

三十年前一月里的一天,内布拉斯加高原上狂风怒号。汉努威小镇好像一条停泊在那里的船,挣扎着不让自己给风吹跑。蒙蒙雪花围绕着一簇簇灰暗、低矮的房子打转,下面是灰色的草原,上面是灰色的天。住房是在坚硬的草皮上胡乱盖起来的。有的看来像是一夜之间从别的地方搬来的;有的又像是自己奔向那空旷的平原途中走散的。没有一所房子看来有长久的意思。咆哮的风不但从房子上面而且从房子底下吹过。主要的大街是一条印着深深的车辙的路,现在冻得邦硬。这条路从小镇的北头那矮墩墩的红色火车站和粮食仓库通向南头的木材场和饮马池。路的两头各有一排不整齐的木房子:百货店、两家银行、药品杂货店、饲料店、酒馆和邮局。两边铺木板的人行道上盖满了已经给踩成灰色的雪。不过到下午两点钟,开店的都已经吃完饭回来,守在蒙上一层白霜的玻璃窗后面。孩子都在学校里,街上除了几个穿着粗布大衣,帽子拉到盖住鼻子,粗里粗气的乡下人之外,已没有什么行人。有的带着老婆一起进城来,不时有一条红色或是编花围巾从一家店里闪出来又闪进另一家店里去。路旁的柱子上拴着几匹套着车子的马,盖着毯子还冻得发抖。火车站附近静悄悄的,因为下一班火车要到夜里才来。

在一家铺子前面有一个小男孩坐在人行道上伤心地哭着。他大约有五岁,穿着一件比他大得多的黑布外套,使他看起来像个小老头。他身上的法兰绒裙子已经洗过多次,缩得很短,裙摆边缘和包着铜头的笨重的鞋子之间露出一大截袜子。帽子拉下来盖着耳朵,鼻子和圆圆的小脸蛋冻得通红。他在那里轻轻地哭着,行色匆匆的过路人都没有注意到他。他不敢叫住任何人,也不敢到店里去求援,于是只好坐在那儿拧着长袖子,眼巴巴望着身旁的一根电线杆顶,呜咽着:"我的小猫,,我的小猫,她要冻喜(死)啦!"电线杆顶上蹲着一只瑟瑟发抖的小灰猫,用微弱的声音咪咪叫着,爪子使劲抓住那木头。这孩子的姐姐到医生那里去了,把他留在铺子里。就在姐姐不在的时候,一条狗把小猫赶上了电线杆顶。那小东西从来没有爬过那么高,吓得一动也不敢动。她的主人急得没办法。他是一个乡下小孩子,觉得这个村子又陌生,又让人迷糊。这里的人衣服都那么讲究,心肠又都那么硬。他在这里总是感到不自在,怕生,怕人笑话,总想躲到什么东西背后去。这会儿他太难过了,也顾不得谁会笑话他。终于好像看到了一线希望:姐姐来了。他爬起来拖着那双笨重的鞋向她跑去。

他的姐姐是一个高高的、健壮的女孩子,走起路来步子既快又坚定,好像对自己要到哪里去,下一步要做什么,都心中有数。她穿着一件男人的长外套(看起来一点不别扭,倒是很舒服的样子,好像本来就是属于她的;穿在她身上颇有青年军人的派头),戴一顶圆的长毛绒帽子,用一条厚厚的头巾扎紧。她有一张严肃、沉思的脸,那清澈、湛蓝的眼睛凝视着远方,视而不见,看来心里有什么为难之事。她起先没有注意到那个小男孩,直到他扯她的大衣,才停下来,俯下身去给他擦拭哭湿了的小脸。

"怎么啦,艾米?我告诉你在铺子里待着,别跑出来,怎么回事儿?"

"我的小猫,姐姐,我的小猫!一个人把她赶了出来。狗狗把她给追到那上面去了。"他的食指从袖子里捅出来指着电线杆顶上那可怜的小东西。

"咳,艾米!我不是跟你说过吗?要是你把她带来,总会给我们惹麻烦的!你干吗那么缠着我呢?不过也怪我自己,不该答应你。"她走到电线杆下面伸开双臂叫着:"猫咪,猫咪,猫咪。"可是那小猫只是微弱地叫几声,摇摇尾巴。亚历山德拉下决心掉头走开了。"不行,她不肯下来,一定得有人爬上去赶她。我看见林斯特伦姆家的马车在城里,我去看看能不能找到卡尔,也许他能有办法。不过你一定不许再哭,要不我就一步也不走了。你的羊毛围巾呢?是不是落在铺子里了?没关系。别动,让我把这给你戴上。"

她把棕色的头巾解下来,给他系在脖子上。一个过路的衣衫褴褛的小个子男人刚从店里出来向酒店走去。他停下来呆呆地望着她拿下头巾之后露出来的那一头浓密、光亮的头发:两条粗粗的发辫按德国式样盘在头上,一圈红黄色的鬈发从帽子下面挂了出来。他把嘴里的烟卷拿下来,用戴着毛手套的手指夹着湿的一头。"天哪,姑娘,好一头头发!"他叫了出来,有点傻,可是并没有坏心思。她以古希腊女英雄的气概狠狠瞪了他一眼,咬紧下嘴唇——实在大可不必这样严厉。那小个子服装推销员大吃一惊,连手里的香烟都掉了,踽踽地迎着犀利的风向酒馆走去。他从跑堂的手里接过酒杯时手还有点不稳。他过去轻微的挑逗也碰过钉子,可从来没像今天那么惨。他觉得自己很低贱,满肚子委屈,好像受了欺侮。他,一个推销员,经常在单调乏味的小镇上挨家挨户敲门,坐在肮脏的吸烟车厢里爬过这寒风呼啸的地方,偶然碰上一个美好的小人儿,忽然希望自己显得更像个男子汉一些,这能怪他吗?

正当这个小个子推销员喝着酒平平气的时候,亚历山德拉匆匆走到杂货店去,因为在那里最有可能找到卡尔·林斯特伦姆。他果然在那里,手里翻着一卷彩色《习作画》杂志,那是杂货店老板卖给汉努威镇上给瓷器着色的妇女们的。亚历山德拉向他说明了自己的难题,小伙子跟着她走到街角,艾米还在电线杆旁边坐着。

"我得爬上去逮她,亚历山德拉。我想车站那儿有可以套在鞋子上的大钉子。等一等。"卡尔把手插进衣袋,低头迎着北风向街那头冲去。他是一个十五岁的男孩子,高个子,窄胸脯,身子单薄。当他拿着鞋钉回来时,亚历山德拉问他大衣哪里去了。

"我把它丢在杂货店里了。反正不能穿着它爬上去。我要是摔下来就接着我啊,艾米!"他一边开始往上爬一边回头喊道。亚历山德拉担心地望着他;地上已经够冷的了。小猫寸步不肯动。卡尔只得爬到电线杆的顶上,费了不少劲才把她紧紧抓住木头杆的爪子拉开。他回到地上之后,把小猫还给眼泪汪汪的主人。"好啦,抱着她到店里去暖暖身子吧,艾米。"他给孩子开了门。

· 啊,拓荒者! ·

"等一等,亚历山德拉,我给你们赶一截车,到我们那里为止,不好吗?这会儿一刻比一刻冷了。你见着医生了吗?"

"见着了,他明天过来。但是他说父亲不会好转;不会好的。"姑娘嘴唇有点发抖。她一个劲儿地凝视着那荒凉的大街,似乎是在鼓足力量准备应付什么事情,似乎她在尽一切努力把握住那不论多痛苦总得想法应付的局面。风吹起她大衣的下摆,拍打着她的身体。

卡尔没说什么,但是她感觉得到他的同情。他也很孤独。他是一个瘦弱的男孩子,有一双沉思的黑眼睛,一切动作都轻手轻脚的。脸色白得有点纤弱,嘴也太敏感,不像男孩子的。嘴角已经带着苦涩和怀疑而微微下垂。两个朋友相对无言在寒风凛冽的街角站了一阵子,好像两个迷路的行人,有时停下来默默地承认自己困惑的处境。卡尔转身说:"我去给你套好车。"亚历山德拉走进店里让人把她买的东西包在鸡蛋盒子里,然后暖暖身子,准备开始那寒冷的长途旅行。

当她去找艾米时发现他坐在通向服装地毯部的楼梯上,在和一个波希米亚小女孩麦丽·托维斯基玩耍,那个女孩子正在用手绢儿戴在小猫头上当帽子。麦丽在这里是外乡人,她是跟着母亲从奥马哈来这里看叔叔乔·托维斯基的。她是个深肤色的小女孩,长着一头像洋娃娃一样的棕色鬈发,一张可爱的小红嘴和一双黄褐色的圆眼睛。人人都会注意到她的眼睛,那棕色的瞳孔闪着金光,像金矿石一样,有时在暗一点的光线下就像科罗拉多州的一种叫"虎眼"的矿石。

当地的乡下孩子都穿盖到鞋尖的长衫子,可是这个城里的孩子却穿着当时叫作"凯特·格林阿威"①式样的衣服,还有她那从腰以下满打着褶子的红色细羊毛童衫长得几乎及地。这身打扮再加上她的宽边帽子,使她看起来像个雅致的少妇。她脖子上围着一条白色毛皮披肩,艾米羡慕地用手去摸,她倒也没有装腔作势地反对。亚历山德拉不忍心把他从这样漂亮的小伙伴身旁拉走,就让他们一起逗小猫玩儿,直到托维斯基闹哄哄地走进来把他的小侄女举到肩上,让大家都看到。

---

① 凯特·格林阿威(即凯瑟琳·格林阿威,1846—1901),英国插图画家,尤擅长为儿童读物画插图。她为画上的儿童设计的服装当时对欧美两洲都有很大影响。

他的孩子都是男的,所以极宠爱这小家伙。他那些老哥儿们在他周围围成一圈儿,一边儿欣赏一边儿逗那小女孩儿,她特别乖地接受他们的玩笑。她给大家带来了欢乐,因为他们很少看见这样漂亮,调理得这样出色的孩子。他们跟她说,她一定得从他们当中选一个情人,大家都拍拍口袋用东西收买她:糖果、小猪、小花牛。她调皮地看着那一张张散发着烟味和酒气的棕色的大胡子脸,然后用小手指头轻轻地摸着乔的胡子拉碴的下巴说:"我的情人在这儿。"

那些波希米亚人哄堂大笑,麦丽的叔叔紧紧搂着她,直到她叫起来:"乔叔叔,别!你把我弄疼了。"乔的朋友每人给她一包糖,她轮流吻他们一遍,虽然她不大喜欢乡下的糖。也许因为这,她想起了艾米。"放我下来,乔叔叔,"她说,"我要分一点儿糖给那个我刚碰到的可爱的小男孩儿。"她风度优雅地向艾米走去;后面跟着一群精力旺盛的崇拜者,他们又重新围起一个圈儿来逗那小男孩儿,弄得他把脸藏到姐姐的裙子里,姐姐骂他简直像个小娃娃。

乡下人正准备回家。女人清点着她们买的杂

货,把红头巾在头上别好。男人用剩下的一点儿钱买烟叶和糖果,互相展示着新买的靴子、手套和蓝色的法兰绒衬衫。三个大个子波希米亚人喝着带桂皮油味儿的酒精,据说是为了加强抗寒力,每从瓶里吸一口就咂一下嘴唇。他们滔滔不绝的谈话压倒了那里的一切喧嚣声。热气腾腾的店里充满着他们兴高采烈的声音,同时散发着烟斗、湿羊毛和煤油的气味。

卡尔走进来,穿着大衣,还拿着一个带铜把的木盒子。"来吧,"他说,"我已经给你的牲口喂了草料,饮了水,车也套好了。"他把艾米抱起来,放在车厢里,用稻草盖好。屋里的热气弄得那孩子发困,不过他还紧紧抱着那小猫。

"你真好,卡尔,爬这么高给我逮小猫。我长大了也要爬上去为小小孩儿抓他们的小猫。"他半瞌睡地咕哝着。还没等马车越过第一个山包,艾米和小猫都已经睡熟了。

尽管时间还不过下午四点钟,冬日已经在暗下来。路是朝西南方的,通向那铅色的天空中一抹苍白、稀薄的亮光。两张忧伤的年轻的脸庞默默地转过来,亮光照在上面:照在姑娘的眼睛上,她好像以极大的痛苦茫然望着前途；照在小伙子深邃的眼睛上,他却好像已经在望着过去。小镇在他们身后消失,落到了隆起的草原下面,好像从来没有存在过。那冷峻、冰冻的乡村把他们迎入了怀抱。村里人家很少,住得挺分散。有时一座破旧的磨房在天边出现,洼地上蹲着一所土房。但是最大的现实是土地本身。这土地似乎以压倒之势制服着那正在阴暗的荒原上挣扎起步的小小的人类社会。正是面对这一望无际的坚硬的土地,小伙子的嘴边才出现那种苦涩的表情；因为他感到人太软弱,在这里留不下任何痕迹,而这土地不愿意有人来干扰它,它要保持它固有的凶猛的力量、野性的美和连绵不断的哀愁。

马车在冻硬的路上颠簸着,两个朋友的话比平常要少,好像冷气已经穿到了他们心里。

"罗和奥斯卡今天到布鲁去砍柴了吗?"卡尔问道。

"去了。我几乎后悔让他们去了,天变得这么冷。可是柴少了母亲要着急的。"她停下来用手把前额上的头发捋到后面去。"父亲要是死了,我真不知道我们怎么办,卡尔。我真不敢想。

我巴不得我们大家都跟他一块儿去,让草再长出来,把一切都盖住。"

卡尔没说话。恰好在他们面前是挪威坟地,那上面真的长满了草,红色的乱蓬蓬的草,覆盖了一切,连铁丝网也盖住了。卡尔意识到他自己不是一个有用的伙伴,但是他说不出什么来。

"当然,"亚历山德拉接着说,声音坚定一些,"男孩子们都很健壮,勤劳;但是我们一向事事靠父亲,所以我真不知道怎么过下去。我甚至觉得也没有什么可值得过下去的了。"

"你父亲自己知道吗?"

"我想他知道的。他每天躺在那里扳着手指头数。我想他是在计算他留给我们什么。我养的鸡整个冬天都在下蛋,给我们赚了一点钱,这对他是个安慰。我们希望让他别老想这些事,但是我现在没有多少时间和他在一起。"

"我过两天晚上把我的魔术灯带来,不知道他会不会喜欢?"

亚历山德拉转过脸去向着他,"噢,卡尔!你弄到了吗?"

"弄到了,它就在后面草堆里。你没注意我

拿着一个盒子吗？我在药店的小房间里试了整整一早晨，它一直运行得很好，有好多好看的图片。"

"都是关于什么的？"

"噢，德国打猎的图片，关于鲁滨孙的，还有吃人的滑稽图片。我要从安徒生童话书里画几张玻璃片。"

亚历山德拉看来真的高兴起来了。他们不得不过早地长大，其实身上还是有不少孩子气的。"把它带来吧，卡尔，我真想立刻看到它，我敢肯定父亲一定会高兴的。图片是彩色的吗？那我知道他会喜欢的。我从镇上给他买的日历他就很喜欢。我真希望能多弄一些来。你得在这儿离开我们了，不是吗？有人做伴真好。"

卡尔勒住马，不放心地仰望着那漆黑的天气。"天已经很黑了。当然马会把你们拉回家的。不过我还是给你把灯点上，也许你会需要的。"

他把缰绳递给她，爬到车厢里，蹲下来，用大衣做帐篷挂好，试了十几次之后，终于把灯点着了。他把灯放在亚历山德拉前面，用毯子盖着一半，以免照她的眼睛。"现在等我把我的盒子找出来。在这儿。晚安,亚历山德拉,想法儿别发愁。"卡尔跳到地上,向着林斯特伦姆家园跑去。"呜,呜……!"他回头喊着,越过一个小山冈,跳进沙沟里,消失了。风好像回声一样回答他:"呜,呜……!"亚历山德拉独自赶着车走了。车子的嘎嘎声淹没在风声之中,但是她的那盏灯牢牢地夹在她的两脚之间,形成一点移动的亮光,沿着公路走向黑暗的村庄深处、再深处。

二

天寒地冻的荒原上隆起一条土脊,上面立着一所低矮的小木屋,垂死的约翰·柏格森就住在里面。柏格森家比别家更容易找到,因为它就在挪威河沟边上,那是一条很浅的、泥泞的小河沟,有时流水,有时停滞不流,位于一处弯弯曲曲的谷底,两边峭壁上长满了灌木、三角叶杨和矮桦树。这条小沟给岸边的农场提供了一个记号。一个新建的村庄有许多令人迷惑的地方,其中最让人泄气的就是没有人为的路标。"分界线"上的房子都很小,通常都藏在低处,你要走到跟前才看得

· 啊,拓荒者! ·

见。多数都是土房,看起来也就是那让你躲不开的土地的另一种形式而已。路不过是草丛中隐约可见的一条条小道,田地几乎不大看得出来。犁耙几乎没有在地上留下什么痕迹,像是史前的动物在石头上留下的几道浅浅的爪印,太模糊不清,使人觉得很可能是冰川的遗迹,而不是人类奋斗的纪录。

约翰·柏格森来开垦这荒原已经有十一个年头了,依然没有留下什么印迹。这块地还是野性未驯,不时要发发怪脾气,谁也不知道脾气什么时候来,或是为什么而发。它上面挂着灾星,那神灵是和人作对的。这就是医生走后,病人躺在那里望着窗外时心里的感受。那是亚历山德拉进城的第二天。荒原就在他家大门外,依然是那一望无际的铅色的土地。从他身边一直到天边的每一道山脊、每一个坑、每一条沟,他都熟悉。南边是他犁过的田地;东边是土盖的马厩、牛棚、水池——然后就是草。

柏格森一幕一幕地回忆着他所受的挫折。有一年冬天,他的牛在一场暴风雪中全部死亡。第二年夏天给他犁地的马在草原上一个狗洞里折断了腿,只好一枪把它打死。还有一年夏天,他的猪全得霍乱死了,还有一匹宝贵的骏马让毒蛇咬死了。他的庄稼一再歉收。他还死了两个孩子,都是男孩,是在罗和艾米之间的,看病和丧葬又花了一笔钱。现在总算挣扎着把债还清,他自己又要死了。他才四十六岁,原来当然是打算多活几年的。

柏格森在"分界线"上的前五年是在逐步背债中度过,后六年则用在还债上。他把抵押借款都还清之后,结果同他刚开始时差不多,只剩下了土地。他拥有从家门外延伸出去的整整六百四十英亩土地;他自己原来分得的那一份宅地和林地是三百二十英亩,另外一半是把他一个弟弟的那一份合并过来的。那个弟弟在这场斗争中认输了,回到芝加哥去在一家讲究的面包房工作,在一个瑞典体育俱乐部里挺出风头。到目前为止,约翰还没试图去开垦那一半土地,而是用它作牧场,他的一个儿子天气好时在那里放牧。

约翰·柏格森还抱着旧世界的信仰,认为土地本身总是好东西。但是这片土地实在是个谜。它像一匹狂奔的野马,把一切都踢碎,没人知道怎么能驯服它,给它套上缰绳。他认为大家都不懂应该怎样好好耕种这片地,常常同亚历山德拉讨论这问题。他们的邻居肯定比他对种地懂得还少。有许多人在分得宅地之前从来没在土地上劳动过。他们在老家时大多是手工业者:裁缝、锁匠、焊接工、卷烟工等等,柏格森自己在造船厂工作过。

几星期来,柏格森一直在想这些事。他的床安放在起居室,紧挨着厨房。白天,厨房里在烤面包、洗涮、熨衣服的时候,这位父亲就躺在那里仰望自己砍伐的房梁,或者望着窗外牛棚里的牛。他把牛数了又数,猜想每一头小牛到春天大概会有多重,以此作为消遣。他常把女儿叫进来,跟她谈这件事。亚历山德拉不到十二岁时已经开始做他的帮手,等她渐渐长大之后,他越来越依靠她的智谋和判断力。他的男孩子都挺能干活,但是跟他们谈话常常让他生气。经常看报、了解行情、从邻居的错误中吸取教训的就是亚历山德拉。能说得出来养肥每一条小牛要花多少成本,在一头猪过磅之前能比柏格森自己猜的重量更接近实际的,也是亚历山德拉。罗和奥斯卡都很勤劳,但是他总也教不会他们在工作上用脑筋。

父亲常常说亚历山德拉像她祖父;那是他形容人聪明的一种说法。约翰·柏格森的父亲是个造船商,相当有魄力,并且还有一点财产。他晚年结了第二次婚,对方是个品行不端,又比他年轻好多的女人。她引诱他过种种奢侈放荡的生活。就这造船商而言,这桩婚姻是一件冲昏头脑的事,是一个本来强壮有力硬不肯服老的人所干的不顾一切的蠢事。他正直一世,不出几年,就让那个没有操守的女人给引诱歪了。他去做投机买卖,把自己的财产连同那些穷海员们托付给他的钱全部赔光,最后丢脸地死去,什么也没留给他的子女。但是,平心而论,毕竟,他出生在海上,没有任何资本,光凭他自己的能干和远见建立起了一份值得自豪的小小的家业,证明自己不愧为男子汉。约翰·柏格森在他女儿身上看到了他父亲盛时的特点:坚强的意志和朴实的、直截了当想问题的作风。他当然更愿意在他一个男孩子身上看到这种相似之处,但这不是由他选择的。他日复一日躺在床上,不得不接受这样一个局面,并且心里还得感激,总算儿女当中有一个是可以把他的家和他艰难得来的土地的前途予以托付的。

冬日的黄昏渐渐暗下来。病人听见他的妻子在厨房划火柴,然后一线灯光在门缝中闪烁着,好像是来自遥远的地方。他痛苦地翻个身,看看他一双苍白的手,多少辛劳从这双手流走。他觉得他准备让位了。他不知道这想法是怎么来的,但是他现在心甘情愿钻到地下深处连犁耙也找不到的地方去休息。他已经疲于犯错误。他愿意把难题交到别人手里,他想的是他的亚历山德拉的强壮的双手。

"女儿,"他微弱地呼唤着,"女儿!"他听到她快捷的脚步声,然后看见她高高的身材出现在门口,背对着灯光。他感觉到她的青春和力量,她行动、俯仰多么自如啊。但是即使他能够,他也不愿再恢复这一切了。他可不要了!他已经清楚地知道结局,不愿再从头开始了。他知道这一切都落到了哪里,都变成了什么。

女儿走过来,把他扶起靠着枕头。她用一个古老的瑞典名字称呼他,那是她很小的时候到船坞去给他送饭时称呼他的名字。

"把男孩子叫来,女儿,我要跟他们说话。"

"他们在喂马,爸爸。他们刚从布鲁回来。要我去叫他们吗?"

他叹了口气。"不要了,等他们进来再说吧。亚历山德拉,你要尽一切力量照顾好你的兄弟们,一切事情都会落到你肩上的。"

"我一定尽力去做,爸爸。"

"别让他们灰心,像奥托叔叔一样走掉。我要他们保住这块地。"

"我们一定,爸爸。我们绝不丢掉这块地。"

厨房里传来沉重的脚步声。亚历山德拉走到门口招呼她的弟弟。两个魁梧的小伙子,一个十七,一个十九岁,走进来站在床脚边。父亲用搜索的眼光看着他们,尽管天已太黑,看不见他们的脸。他心里想,这两个孩子还是老样子,他对他们一点没看错。那方脑袋、沉肩膀的是奥斯卡——年长的那个。小的敏捷一点,可老是心思不定。

"孩子们,"父亲乏力地说,"我要你们保住整块土地,让姐姐领着你们过。我生病以来经常跟她谈,我的愿望她都知道。我不愿意我的孩子之间发生争吵,只要有一个家,就得有一个头。亚历山德拉最大,而且我的愿望她都知道。她会尽量做好的。即使她会做错事,也不会像我犯过的错误这么多。等你们结婚,想自己建一所房子的时候,那就按法律规定公平地把地分开。不过今后几年里日子会很艰难,你们一定要抱团儿过。亚历山德拉会尽她的力量管好这个家的。"

奥斯卡平常总是最后开口,这回先回答了,因为他大一点,"是,爸爸,就是你不说,也总是会这样的。我们一定一起经管这个地方。"

"你们还会听姐姐的话,做她的好弟弟,做妈妈的好儿子吧?那就好。亚历山德拉不要再到地里干活了。现在没这必要。需要帮手的时候可以雇一个人。她的鸡蛋和黄油赚的钱比雇一个人的工资多。我没有早发现这一点也是我的一个错误。每年想法多开一点儿地,这草地上长的玉米是好饲料。要不断地翻地,干草总要存得多富裕一点。就是碰上大忙季节,也别舍不得花点儿时间给你们的妈妈锄园子和整理果树。她一直是你们的好妈妈,她总在想念故乡。"

他们回到厨房后,男孩子们一声不吭在桌子旁坐下,整整一顿饭一直低头看着碟子,没抬一抬他们发红的眼睛,也没吃下多少,尽管他们已经在寒冷中劳动了一整天,而且晚饭还有带汁的烩兔肉和李子饼。

约翰·柏格森结婚是降格以求的,但是娶着了一个好主妇。柏格森太太是一个白白胖胖的女人,像她儿子奥斯卡一样敦厚、平庸,但是有一种让人舒服的感觉,也许这是由于她自己喜欢舒服的缘故。十一年来,她一直在很难保持整洁的条件下,为维持一个稍微像样一点的整洁的家进行着难能可贵的奋斗。柏格森太太的习惯势力是很强的。这个家在精神上没有解体,没有出现那种得过且过的作风,很大程度上要归功于她为坚持在新环境中恢复她旧时的生活规律而进行的不屈不挠的斗争。例如,柏格森家住的是木房子,那只是因为柏格森太太不肯住土房的缘故。她十分怀念故乡的鲜鱼,于是每年夏天两次,她总要派两个男孩子到南边二十英里外的河里打鲇鱼。孩子小的时候,她就把他们连同小床上的娃娃全塞在马车里,自己驾车去打鱼。

亚历山德拉常说,如果她母亲给放到了荒岛上,她也会感谢上帝的恩赐,然后开一个园子,搞到一点东西做果酱的。做果酱简直是柏格森太太一种狂热的癖好。像她这样胖大的身子还经常到挪威沟旁边的灌木丛中去找野葡萄、野梅子,像野兽寻食一样。她用长在草地上的淡而无味的野樱桃加上柠檬皮调味,做成一种黄色的果酱;她还用园子里长的西红柿做成一种很稠的深色果酱。她甚至还曾经拿那腥臭的野豌豆做过试验。每当她看见一蓬长得很好的野豌豆时总是摇摇头说:"多可惜啊!"在没有东西可以做果酱时,她就腌东西。她在加工这些食品过程中用的大量的糖是家里很大一笔花销。她是一个好母亲,但是当孩子们长大,不再在厨房里碍手碍脚的时候,她感到很高兴。她始终没有完全原谅柏格森把她带到了这天涯地角来。但是既然已经来了,就得放手尽可能地重建她旧时的生活。只要她炉膛里有火腿,架子上有一个个玻璃罐头,还有熨好的床单,她就还能在这世界上得到一些舒适。她对所有邻居持家的邋遢都很不以为然,而邻居的女人则认为她骄傲。有一次柏格森太太到挪威河沟去的路上顺道看看李老太太。那老太婆藏到了干草堆里,说是"怕柏格森太太撞见她光脚丫"。

三

柏格森去世以后六个月,七月里的一个星期日下午,卡尔坐在林斯特伦姆家厨房门口,正在望着一张图画出神,听见小山坡路上马车响。他抬头看去,认出是柏格森家的牲口,车里有两排座位,说明他们是出去玩的。奥斯卡和罗坐在前排,穿戴着只有星期日才穿戴的布外套和布帽子,艾米跟亚历山德拉一起坐在后排,得意地穿着父亲的裤子改的新裤子和带宽边皱褶领子的粉红条子衬衫。奥斯卡勒住马向卡尔打招呼,卡尔抓起帽子,穿过瓜地向他们跑去。

"跟我们一块儿去吗?"罗叫道,"我们到疯子艾弗那儿去买一张吊床。"

"去。"卡尔气喘吁吁地跑过来,爬到车上坐在艾米旁边。"我一直想看艾弗的池塘,他们说那是全村最大的。你穿着这件新衬衫到艾弗那儿去不害怕吗,艾米?他说不定想要它,就从你身上扒下来。"

艾米咧嘴笑笑,承认说:"要是你们大孩子不跟我一块儿去,我可就不敢去啦。你听见过他吼吗,卡尔?人家说他有时候夜里吼着在村里到处跑,因为怕天主弄死他。妈妈想他大概做过特别坏的坏事儿。"

罗回过头去向卡尔眨眨眼睛。"艾米,你要是晚上一个人在草原上看见他过来,那你怎么办呢?"

艾米睁大着眼睛,犹犹疑疑地说:"也许我可以躲到一个獾洞里去。"

"要是没有獾洞呢,"罗钉着问下去,"你会跑吗?"

"不会,我会吓得跑不动的。"艾米拧着自己的手指头伤心地说。"我想我会就地坐下念祷告。"

几个大孩子们都大笑起来,奥斯卡举鞭向宽大的马背上挥去。

"他不会伤害你的,艾米,"卡尔安慰他说,"有一次我们的母马吃了青玉米,肚子胀得像水箱一样大,他来给她治病。他轻轻地拍她,就像你拍小猫一样。我听不懂他说什么,因为他说的不是英语,但是他一直不停地拍她,而且哼哼着,好像病痛是在他自己身上似的,然后说:'得了,妹子,现在舒服点儿了,好点儿了吧!'"

罗和奥斯卡都笑了,艾米也高兴地咯咯笑起来,抬眼望望他姐姐。

"我想他根本不懂医道,"奥斯卡轻蔑地说,"他们说马得了病,他就自己把药吃了,然后对着马祷告。"

亚历山德拉说话了,"那是克劳家人说的,可是他还是把他们家的马治好了。的确,他有些日子是糊涂的。可是你要是碰上他清醒的日子,可以从他那儿学到很多东西。他懂得牲口。我不是看见他把伯奎斯特家母牛的犄角给摘下来的吗?那头牛把犄角给碰折了,发疯似的到处乱撞,最后跑到老山洞顶上,脚陷进去卡住了,使劲儿地吼。艾弗带着他的白包包跑过去。等他一到,牛就安静下来,让他把犄角锯掉,然后涂上油。"

艾米一直望着姐姐,脸上反映出那头牛的痛苦。"那后来她就不疼了吗?"他问。

亚历山德拉拍拍他。"不疼了。两天以后他们又可以用她的奶了。"

通向艾弗宅地的那条路很不好走。他在村外

的野地里定居下来,那儿除了一些俄国人之外没有别人。一共十来家住在一幢长条的房子里,像兵营一样一间间隔开。艾弗解释他为什么选择这地方,说:邻居越少,诱惑越少。但是,要想到他的主要职业是医马,那他找这么个最难走到的地方居住,实在是没有远见的。柏格森家的马车颠簸在小丘、草埂上,有时沿着弯弯曲曲的沟底,有时绕过宽阔的水塘,清水里长着金色的金鸡菊,野鸭子拍打着翅膀从里面飞起。

罗无可奈何地望着这些野鸭子。"我要是把枪带来多好,亚历山德拉,"他烦躁地说,"我可以把它藏在车厢最里头的稻草底下。"

"那我们就要对艾弗说瞎话了。而且,他们说他闻得出死鸟来的。要是他知道了,我们就别想从他那儿得到任何东西,连张吊床也不行。我还想跟他谈谈呢,他要生气了就不讲道理;他一生气就糊涂。"

罗嗤之以鼻。"谁什么时候听他讲过道理!我宁愿要鸭子当晚饭也不要听疯子艾弗嚼舌头。"

艾米吃了一惊,"嘘,罗!可你别让他发疯

啊,他会吼的!"

　　大家又都笑起来。奥斯卡把马赶上一面倒塌的土坡。那水塘和红色的草已落在他们后面。疯子艾弗那个村子的草是短而灰的,沟地也比柏格森住处附近的深,土地都让小丘陵和土埂给隔成一块一块的。野花不见了,只有在沟底和谷底有少数最顽强的花还能生长:书带蕨、斑鸠菊和银边翠。

　　"快看,快看,艾米,那是艾弗的大池塘!"亚历山德拉指着浅浅的沟底一片发亮的水。池塘的一头是一道土坝,上面种着绿色的柳树,土坝上头的山坡里挖了一道门和一扇窗。要不是阳光照在四块玻璃上反射过来,你根本不会看见那门窗的,而这就是能看到的一切了。没有牛棚,没有牲口圈,没有一口井,连一条草丛里踩出来的道儿都没有。要不是有一个从土里伸出来的长了锈的烟囱,你真会从艾弗住房的屋顶上走过也想象不到你是走近了人居住的地方。艾弗在这土埂上已经住了三年,没有比原先住在这里的野狼做过更多向大自然挑战的事。

　　当柏格森一家驶上山坡时,艾弗正坐在他房

子的门口读着挪威文的《圣经》。他是一个长得很怪的老人,厚实、健壮的身体下面是两条短短的罗圈腿。一头乱蓬蓬的白发像马鬃一样披在他红润的两颊上,使他看起来比实际年龄要老。他光着脚,但是穿着一件干净的、没有浆过的开领衬衫。他每星期日早晨都穿上一件干净衬衫,虽然他从来不去教堂。他自己有独特的宗教,跟这里哪一个教会都合不来。他常常整整一个星期谁也不见。他有一本日历,每天撕去一张,所以从来不会弄不清过到星期几了。艾弗在打场和玉米脱粒的季节给人打短工;要是人家找他,还给牲口治病。他在家待着的时候就用藤条做吊床,并且一章一章地背《圣经》。

艾弗对他自找的与世隔绝的生活心满意足。他讨厌人住的地方的那些垃圾:吃剩的食物、碎瓷片、扔在向日葵地里的旧锅和破壶。他宁愿要整齐、干净的野地。他常说獾的住处比人住的房子干净,如果他找一个管家婆,她的名字要叫作獾太太。最能表达他对这荒野宅地的偏爱的说法是:在这里他感到《圣经》更加真切。假如你站在他的窑洞门口眺望那粗犷的原野、微笑的天空、在炙热的阳光下晒得发白的拳曲的野草;假如你倾听那打破无边寂静的云雀的高歌、鹌鹑的咕哝和长夏蝉鸣,你就会理解艾弗这句话的含意。

这个星期日下午,他脸上闪耀着幸福的光辉,把书合着放在膝头,用手指夹着那一页,轻轻地背着:

> 耶和华使泉源涌在山谷,流在山间。
> 使野地的走兽有水喝;野驴得解其渴。
> 佳美的树木,浆汁饱满,黎巴嫩的香柏树,
> 那是耶和华所栽,
> 鸟在其上搭窝。至于鹤,枞树是他的房屋。
> 高山为野山羊的住所;岩石为沙番的藏处。

艾弗还没有重新打开《圣经》就听见柏格森家的马车飞驶过来,他一跃而起跑了过去。

"不要枪,不要枪!"他喊着,发狂似的挥着手臂。

"没有枪,艾弗,没有。"亚历山德拉叫着安

· 啊,拓荒者! ·

慰他。

他放下手臂走向马车,友好地笑着,用淡蓝的眼睛望着他们。

"如果你有吊床的话,我们要买一张,"亚历山德拉向他说明来意,"还有我这个朋友想看看你那个有好多鸟飞来的大池塘。"

艾弗傻笑着,开始擦那几匹马的鼻子,摸摸嚼子后面的马嘴。"这会儿没有很多鸟。今天早晨有几只鸭子,还有几只鹬来喝水。可是上星期有一只鹤,她过了一夜,第二天晚上回去了。我不知道为什么。当然,这不是她来的季节。好多都是秋天来的。还有这池塘一到夜里就有各种各样的怪声音。"

亚历山德拉给卡尔翻译,他若有所思。"问问他,亚历山德拉,我听说有一次有一只海鸥飞来过,是不是真的。"

她设法问清楚他这件事,很费了点劲。

他先是茫然不解的样子,然后猛然拍拍手,记起来了。"是哪,是哪!一只大白鸟,翅膀好长,粉红的脚。我的天!声音好大!她是下午来的,一直在池塘上空飞着、叫着,直到天黑。她好像是碰上了什么困难,我不理解她。可能她是想飞到别的海洋去,不知道路多远。她害怕永远飞不到那儿。她比别的鸟都悲伤,夜里直哭。她看见我窗户上的亮光,直往那儿撞。可能她以为我的房子是一条船。她可野啦。第二天早晨太阳出来的时候,我给送食去,可是她向天上飞去,上路了。"艾弗用手指捋捋他浓密的头发。"常常有许多奇怪的鸟到我这里落脚,他们从很远的地方来,给我做伴可好啦。我希望你们小伙子从来不打野鸟,是吧?"

罗和奥斯卡咧嘴笑笑,艾弗摇摇他那乱蓬蓬的头。"我知道,小伙子都是不管不顾的。可这些野东西都是上帝的鸟。主看着他们,经常数数,就像我们对我们的牲口一样;《新约》里面耶稣基督就是这么说的。"

"好了,艾弗,"罗问道,"我们能不能在你的池塘里饮饮马,再喂一点儿草料?到你这儿来的路可太难走了。"

"是啊,是啊,是难走啊。"老头儿东抓西抓,开始解马车的挽绳。"路很坏,是吧,姑娘?这匹栗色的马家里还有小驹呢!"

· 啊,拓荒者!·

奥斯卡把老人扒拉开。"我们自己来照管这些马,艾弗。你又该在它们身上发现什么病了。亚历山德拉要看你的吊床。"

艾弗领着亚历山德拉和艾米到他的小窑洞里去。他只有一间房间,墙抹得整整齐齐,粉刷得挺白,还有木头地板。有一只烧饭的炉子,一张桌子铺着油布,两把椅子,一个钟,一本日历,窗台上放着几本书;再没有别的东西了。整个房间像一口柜子一样干净。

"可是你睡在哪儿呢,艾弗?"艾米四周看看,问道。

艾弗从墙上的钩子上放下一张吊床来,里面有一张水牛皮。"在这儿,孩子。吊床是很舒服的。冬天我就盖上这张皮。我去做工的地方的床都远不如这吊床舒服。"

这时艾米已经一点也不胆怯了。他认为窑洞是最高级的住房。这窑洞和艾弗都有讨人喜欢的不寻常之处。"那些鸟知道你一定会好好待他们吗?是不是因为这才有这么多鸟飞来?"

艾弗跪坐在地上,把脚塞在身子底下。"你知道,小兄弟,他们都从大老远来,很累了,从天上望下来,我们这村子一片漆黑,又很平坦。他们一定得喝点水,洗个澡,才能继续上路。他们东看看,西看看,看见远处下面有一片闪光,好像是黑色的土地上镶了一块玻璃。这就是我的池塘。于是他们就来了,没有受过打扰。我有时也撒一点儿玉米粒。他们告诉了其他的鸟,第二年更多的鸟飞来了。他们在天上也有路,正像我们在下面有路一样。"

艾米沉思地擦着膝盖:"艾弗,听说领头的野鸭累了就落到后面去,由最后一只来接替,这是真的吗?"

"是的。飞在尖头上的最苦了,它们是插进风口里去的,只能维持一会儿——可能半个钟头,然后退下去,那楔子头稍微张开一点,后排的就从中间飞到前头,然后大家又合拢来,形成一道新的边,继续往前飞。它们在天空经常这样变换。从来不乱,就像受过训练的兵一样。"

等小伙子们从池塘那边上来时,亚历山德拉已经选好了吊床。他们不肯进屋去,就坐在土垤的树阴底下,等着亚历山德拉和艾弗在里面谈鸟和他过日子的方式,还有为什么他从来不吃肉,不管是鲜肉还是腌肉。

亚历山德拉坐在一把木椅上,两臂放在桌子上。艾弗坐在她脚边的地板上。"艾弗,"她忽然说道,一边用食指沿着油布的图案画着,"我今天来主要不是来买吊床,而是想跟你谈谈。"

"是吗?"老人把光脚在地板上蹭着。

"我们有一大群猪,艾弗。好多人劝我在春天卖掉,我没肯卖。可是现在好多人家的猪都在死去,我有点害怕了。该怎么办呢?"

艾弗的小眼睛发出了亮光,不再是那么模糊了。

"你是不是喂它们泔水之类的玩意儿?当然啦!还有酸奶!是啊!还把它们养在又臭又脏的圈里?我跟你说,妹子,这地方的猪算是倒了霉了!它们像《圣经》里的猪一样变得不干净了。你要是养鸡也这么养法会怎么样呢?你们有一小块高粱地吧?在那周围筑一道篱笆,把猪赶进去。竖几根木桩子,上面盖上草给它们当屋顶。让小伙子们给它们送大桶大桶的清水。让它们离开那臭烘烘的老地方,一直到冬天再回去。只给它们喂粮食和干净的饲料,就跟喂马、喂牛的一样。猪是不喜欢脏的。"

小伙子们在门外听着。罗捅捅他哥哥。"走吧,马已经吃完料了。咱们快套上车离开这儿吧。他要给她灌满各种馊主意。下回她该让猪跟我们一块儿睡觉了。"

奥斯卡嘟嘟囔囔地站了起来。卡尔听不懂艾弗说什么,看得出这两个小伙子不高兴了。他们不怕干重活儿,但是他们讨厌新实验,而且从来看不出有什么值得为此花力气的。就是罗,虽然比他哥哥灵活一点,也不喜欢做任何跟邻居不一样的事。他觉得这样就使他们与众不同,让人说闲话。

一走上回家的路,两个小伙子就忘记了不高兴,开始拿艾弗和他的鸟开玩笑。亚历山德拉没有提出改良养猪法的建议,他们希望她已经把艾弗的话忘了。他们都认为他比以前更加疯疯癫癫,他从地里再也搞不出什么名堂来,因为他在那上面几乎不花什么劳动。亚历山德拉暗自下决心要跟艾弗谈谈这件事,让他动起来。小伙子们把卡尔留下吃晚饭,天黑以后到池塘去游泳。

那天晚上,亚历山德拉洗完碟子之后,坐在厨房门口,她母亲在里面和面。那是一个宁静的夏夜,干草的芳香沁人心肺,牧场上传来笑声和嬉水声,当月亮从光秃秃的草原边缘升起的时候,池塘像磨光了的金属片一样闪闪发光,她可以望见男孩子们像一道白光一样的身体在池边跑着或者跳进水里去。亚历山德拉望着那闪烁的池塘出神,终于眼光落到了牲口棚南边那块高粱地上,她正计划在那上面盖猪圈。

四

约翰·柏格森死后头三年家境挺兴旺。然后艰难的岁月来到了,把"分界线"上每一个人都赶到了绝望的边缘;连续三年大旱,歉收,那是这野地对敢于向它进犯的犁耙作最后一次反抗。第一个颗粒无收的夏天,柏格森家的小伙子还能勇敢地对付过去。由于玉米歉收,劳动力很便宜。罗和奥斯卡雇了两个人,种下了空前大面积的庄稼。结果下的本钱全部丢光。整个村子都垂头丧气。已经欠了债的农民只好放弃土地。出了几桩因欠债还不起而没收抵押品的案子,使得全村都泄了气。移民们坐在小镇里的木头边道上交谈,说这个地方本来不是人住的;现在就该回到衣阿华、伊利诺依,随便哪个证明能居住的地方都行。柏格森家的男孩子当初如果跟他们叔叔奥托一块儿去芝加哥的面包房,当然会快活得多。像大多数邻居一样,他们天生是追随别人开辟的道路,而不是到新地方去做开路先锋的人。有一个稳定的职业,有几天假期,不需要动什么脑筋,他们就会挺满意了。他们那么小就给拉到了这旷野荒郊来,不是他们的过错。做一个拓荒者,得有想象力,他从创造事物的想法中得到的乐趣,应该能够比从享受事物本身得到的更多。

第二个荒年的夏天就要过去了。九月里的一天下午,亚历山德拉到沟那边的园子里去挖红薯——在这万物肃杀的天气里就是红薯长得茂盛。可是当卡尔·林斯特伦姆走到园子里去找她时,她并不在干活。她站在那里倚着镢头想心思想得出神,身旁的地上躺着她的遮阳帽。园子干裂的土地散发着干藤蔓的味道,满地都是焦黄的黄瓜、南瓜和香橼。有一头边上,在大黄旁边长着毛茸茸的龙须菜和红莓。园子的中间有一排鹅莓和小葡萄灌木。还有少数几株粗壮的金盏花和一排红蒿是柏格森太太日落之后来浇过几桶水的证据,那是违反她儿子们的禁条的。卡尔悄悄地、缓缓走上园子的小道,使劲看着亚历山德拉。她没有听见他来,一动也不动地站着,带着她特有的严肃的安详。她那粗密发红的发辫盘在头上,在阳光下像是要燃烧起来似的。天已经相当凉爽,太阳照在肩头、背上,让人觉得挺舒服的;晴空万里,你可以用眼睛追踪一只老鹰一直追到很高、很高的耀眼的蓝天深处。即便卡尔是这样一个郁郁寡欢的小伙子,而且已经让这两个苦年头弄得心情黯淡,每逢这样的天色也还是很爱这个地方的。他感觉到这里散发出一种茁壮的、青春的和野性的东西,对一切忧虑都付之一笑。

"亚历山德拉,"他一边走近她,一边说道,"我有话跟你说。咱们坐到鹅莓旁边去吧。"他捡起她的红薯袋子,两人一起穿过园子。"小伙子们是进城了吗?"他一屁股坐在太阳烤焦了的、热乎乎的地上。"我们终于下了决心,亚历山德拉,我们要走了。"

她好像有点害怕地看着他,"真的吗?卡尔?

定了吗?"

"是的,圣路易那边已经给我父亲来信了,他还可以恢复他过去在烟厂的老工作。十一月一号一定得到那儿,因为那是他们雇新人的时候。我们准备不管什么价钱把我们的宅地卖出去,把牲口也拍卖了。我们没有多少可托运的东西。我将要跟一个德国雕刻师学蚀刻,然后到芝加哥去找工作。"

亚历山德拉垂下两只手,落到膝头里,眼睛开始为泪水所模糊。

卡尔敏感的下嘴唇颤抖着。他用一根小棍划着身旁的软土,缓缓地说:"我感到难过的就是这一点,亚历山德拉,你同我们一起经历了多少患难,帮父亲渡过了多少难关。现在好像我们要溜走了,撇下你一个人去对付最坏的局面。可是我们实在对你不会有任何帮助。我们只是给你多添一分负担,多一样你感到有责任要照顾的东西。父亲从来不是搞农场的材料,这你是知道的。而我简直讨厌这一行,我们只是越陷越深。"

"是的,卡尔,我知道。你在这里是虚度年华。你可以比在这儿有作为得多。你已经快十九岁了,我不想让你留下。我一直希望你能离开这儿的。但是一想起我会多么想念你——你可能想象不到的——我就不由得有点害怕。"她擦擦两颊的泪水,也不想加以掩饰。

"可是,亚历山德拉,"他凄然说道,"我除了有时候想法让两个小伙子情绪好一点之外,对你从未真正有过什么帮助。"

亚历山德拉微笑着摇摇头。"不是那么回事。你给我的帮助就是理解我,理解我家的小伙子和我母亲。我认为这就是人与人之间能够给予的惟一的真正帮助。我觉得你是惟一帮助过我的人。不知怎么,忍受你的走比忍受以往遭受过的一切还需要更大的勇气。"

卡尔看着地上,说:"你知道,我们一直都是依赖你,连我父亲也是。我常要笑他。每当发生了什么问题,他总是说,'不知道柏格森家怎么处理的,我去问问她。'我永远忘不了那一次,我们刚来的时候,我家的马得了腹绞痛,我跑到你们那儿去,你父亲不在,你就跟我回家,教给我父亲怎么让马放出屁来。那时你还是个小姑娘,可是你比我那可怜的爸爸对农活知道得多得多。你还记得我那时常常想念故乡想得要命,还有我们从学校回来路上的那些长谈吗?我们好像对事情的看法常常不谋而合。"

"是的,就是这样;我们喜欢同样的东西,而且是一块儿喜欢,别人都不知道。我们也有过好时光:一块儿去找圣诞树,一块儿抓鸭子,每年都一起做梅子酒。我们两人都没有过别的亲密的朋友。而现在——"亚历山德拉用围裙角擦擦眼睛,"而现在,我总得常常想着,你要到别处去了,在那儿你会找到很多朋友,还会找到能发挥你才能的工作。不过你会给我写信的吧,卡尔?这对我可重要了。"

"只要我活着,我一定写。"小伙子急切地叫起来。"而且我将为你而工作,跟为我自己一样,亚历山德拉。我要做一番让你喜欢并为我而骄傲的事业。我在这里是个傻瓜,可是我知道我还是能有所作为的!"他坐了起来,对那红色的衰草皱起眉头。

亚历山德拉叹了一口气。"小伙子们听到这消息该多泄气啊。不过反正他们从城里回来总是很泄气的。多少人都在准备离开这儿。他们都跟我家的小伙子谈,弄得他们灰心丧气。我怕他们已经对我有点生气了,因为任何谈论离开这儿的话我都听不进去。有时候,我对自己这样维护这个地方都感到厌倦了。"

"如果你不希望的话,我可以暂时不告诉他们。"

"喔,今天晚上他们回家时,我自己来告诉他们好了。他们反正总是要大谈而特谈的,把坏消息隐瞒下去从来也没有什么好处。他们日子比我更难过。罗想要结婚,可怜的孩子,可是要等年成好起来才行。看,太阳落下去了,卡尔,我得回家了,母亲会需要红薯的。现在一没有太阳就已经感觉到凉飕飕的了。"

亚历山德拉站起来环视周围。西天还有一抹金光,但是整个村子已经给人一种苍茫、凄凉的感觉。西山那边移动着黑压压的一群,那是李家的孩子从那边赶着牛群回来,艾米赶快跑过去打开牛棚的门。从沟那土冈上的木屋里,一缕炊烟冉冉升起。牛哞哞地叫着。半个月亮在天空缓缓发出银色的光芒。亚历山德拉和卡尔沿着一排排红薯慢慢走着。"我必须不断地提醒自己将要发生什么事。"她轻声说道。"自从你来了之后,十年来我没有感到寂寞过。可是我记得在那以前是什么样的。现在我除了艾米之外再也没有别人了。不过他是我的,而且心肠很软。"

那天晚上,两个小伙子给叫进来吃饭的时候,气鼓鼓地坐下来。他们进城的时候穿着上衣,可现在只穿着条纹衬衫和吊带裤子。他们已经长大成人,用亚历山德拉的话来说,他们最近几年长得越来越是他们自己了。罗仍旧是两个里面比较瘦小的,敏捷、聪明一点,但是毛毛躁躁的。他有一双活泼的蓝眼睛,白皙的皮肤,夏天总是晒得一直红到领圈,坚挺的黄发,从来不肯躺倒在头上,还有两撇刷子般的小黄胡子,那是他颇引以为自豪的。奥斯卡留不起小胡子来,他那像鸡蛋一样光秃秃的苍白的脸,再加上白眉毛,给人一种空荡荡的感觉。他的身体强壮有力,而且有非凡的耐力;这种人你可以像拴一部引擎一样拴在玉米脱粒机上,他会不紧不慢地转一整天。但是他真懒得动脑筋,其程度就像他肯卖力气一样。他酷爱照惯例办事,简直成了一种恶癖。他像昆虫一样地工作,总是用同样的办法重复做着同一件事,不管这是不是最好的办法。他从单纯的体力劳动中感到一种至高无上的美德,而且专喜欢拣最苦的办法干活。如果一块地原来种过玉米的话,要再种小麦他就受不了。他喜欢每年总是在同一天开始种玉米,不管季节早晚。他好像认为只要他无可指责地遵守常规,就可以逃脱责任而专怪天气了。等到庄稼歉收了,他就失魂落魄地使劲打麦秆,表明上面颗粒多么少,以此来向上帝证明这不是他的错。

另一方面,罗总是忙忙叨叨,毛手毛脚;总是想要把两天的活在一天干完,而常常只完成最不重要的事。他愿意把这地方弄得整整齐齐,但总是腾不出手来干这额外的活儿,最后不得不把紧急的事情撇在一边来做这些事。往往在麦收当中,正当麦子已经过熟,每一个人力都需要投入抢收时,他却去修篱笆或者补马套子了;然后冲到地里,干过了劲儿,结果卧床一星期。这两个小伙子正好互相平衡,相处得挺好。他们俩从小就是好朋友。不管走到哪里,甚至进城,很少有一个单独去而没有另一个同行的。

今天晚上,当他们坐下来吃饭的时候,奥斯卡不断地看着罗,好像等着他讲什么话。罗眨眨眼睛对着盘子皱眉头。最后还是亚历山德拉自己开始了这场争论。

她一面把另一盘热饼子放到桌上,一面平静地说:"林斯特伦姆家要回圣路易去了。老头儿还要回到卷烟厂去工作。"

罗抓住这个机会插进来。"你看,亚历山德拉,只要还能爬出去的人,一个个都走了。我们只是为了表现自己顽强而坚持下去是没有用的。知道什么时候该走,也是大有学问的。"

"你要上哪儿去,罗?"

"随便上哪儿,只要是能长东西的地方。"奥斯卡阴沉地说。

罗伸手去拿土豆。"克里斯·阿恩森用他的一半宅地换了河边的地。"

"谁跟他做的这笔买卖?"

"城里的查理·富勒。"

"是那个搞房地产生意的富勒吗?你看,罗,这富勒还是有头脑的。他正在大买特买,把这里所有可以到手的地都买下来,他有一天会发大财的。"

· 啊,拓荒者! ·

"他现在就很有钱,所以他能碰这个运气。"

"那我们为什么不能呢?我们会比他活得长的。有一天这土地本身就会比我们现在在上面种出来的所有的东西还要值钱。"

罗笑了,说:"那倒可能,可还是值不了多少。亚历山德拉,你不知道你在说些什么,我们的地现在已经长不出六年前那么多东西了。到这儿来定居的人就是犯了错误。现在他们开始看到这块高地根本就不是长庄稼的料,所以只要不是下决心放牛的人都在往外爬。这地方太高,不能种庄稼,所有的美国人都在溜走。城北边儿那个珀西·亚当斯跟我说他要让富勒把他所有的地和东西都拿走,换四百块钱和一张去芝加哥的火车票。"

"你看,又是富勒!"亚历山德拉叫道,"我希望那个人吸收我做合伙人。他正在做他的窝!穷人要能跟富人学着点儿就好了!可是所有这些跑走的人都不是好庄稼人,像可怜的林斯特伦姆先生那样。他们就是在好年头也没有起色。在父亲逐渐还清债务的时候,他们都在背债。我认为我们为了父亲也应该尽可能地坚持下去。他是那样坚决地要保持这片地。他在这里一定经历过比现在更艰苦的日子。早年的情况是怎么样的,妈妈?"

柏格森太太正在悄悄地哭着。这种家庭争论总是使她痛苦,使她想起她忍痛丢下的一切。"我不知道这两个男孩子为什么总想走。"她擦擦眼睛说,"我不想再动窝了;再到一个生地方去,也许比在这儿日子更不好过,一切再从头来起。我可不搬了!如果你们大家都走,我就请求哪个邻居把我收留下,以后跟你们爸爸葬在一起。我绝不把他一个人留在这草原上让牲口在上面瞎跑。"她哭得更伤心了。

小伙子们一脸的怒气。亚历山德拉抚着母亲的肩头安慰她。"不会这样的,妈妈。你不愿意走就不走。根据美国法律,这块地的三分之一是属于你的,没有你的同意,我们是不能卖出去的。我们只想听听你的意见,你跟爸爸刚来时,这里情况是怎么样的?那时真的也跟现在一样糟吗?不是吧?"

"哦,比这糟得多,"柏格森太太呜咽着说,"旱灾、麦虱、冰雹,什么都有!我的园子全裂成一块块的,像酸奶酪一样。沟边上也没有葡萄,什

· 啊,拓荒者! ·

么也没有。那时候人都像山洞里的野人一样生活。"

奥斯卡站起来跺着脚大踏步走出了厨房,罗跟了出去。他们觉得亚历山德拉把母亲挑动出来反对他们,太不地道了。第二天早晨他们两人保持沉默,也不像往常那样主动陪妈妈和姐姐去教堂,而是一吃过早饭就到谷仓去,在那儿待了一整天。下午卡尔·林斯特伦姆过来的时候,亚历山德拉向他眨眨眼,指指谷仓。他懂了,就到那边去陪两个小伙子玩牌。他们认为在星期日玩牌是一桩邪恶的事,就偏这样做,感到心里痛快一点。

亚历山德拉留在家里。每星期日下午柏格森太太总要睡一会儿午觉,亚历山德拉就看书。在其他的日子她只看报,可是到星期日和漫长的冬夜她要看好长时间书,有少数几本书她看过好多遍。她可以大段大段地背得出《费兹约夫传奇》①,还有跟所有念过一点书的瑞典人一样,她喜欢朗费罗②的诗——叙事诗和《金色传奇》,还

---

① 冰岛最古老的传奇故事,在北欧各国都很流行。
② 朗费罗(1807—1882),美国著名浪漫派诗人,在欧洲也享有盛名。作品曾译成十几种欧洲文字,包括瑞典文。

有《西班牙学生》。今天,她坐在木摇椅里,膝上摊着一本瑞典文的《圣经》,但是并不在读。她若有所思地凝视着外面土坡路消失在草原边缘的地点。她身体的姿态极其宁静安详,这是她集中思索时常有的神态。她的思想迟缓、真实、坚定,而没有丝毫机灵劲儿。

整个下午,起居室里充满了宁静和阳光。艾米在厨房屋檐下做捕兔机。母鸡咯咯地叫着,在花坛上抓出一个个褐色的洞来,风戏弄着门口的硬穗苋。

晚上,卡尔和两个小伙子一道进来吃晚饭。

"艾米,"当他们大家都围着桌子坐下之后,亚历山德拉说道,"你想出去旅行一趟吗?因为我要出去走一趟,你要愿意的话可以和我一道去。"

小伙子们惊奇地抬头看她。他们对亚历山德拉的计划总是有点害怕。卡尔则饶有兴趣。

"我在想,"她接着说,"也许我太顽固了,老反对换个样儿。明天我要赶着布里汉姆和马车到河边的村子去,在那儿待几天,看看他们那儿有些什么。如果我发现什么好东西,你们两人就可以到那儿去做一笔交易。"

"那儿没人肯换我们这儿的任何东西的。"奥斯卡阴郁地说。

"这正是我想去了解的。也许他们在那儿也和我们一样不满意呢。这山总是望着那山高啊。卡尔,你知道你那本《安徒生童话集》里说的吧:瑞典人喜欢买丹麦面包,而丹麦人喜欢瑞典面包,因为人们总是认为别国的面包比自己国家的好。不管怎么样,我已经听人讲了那么多关于河边的地,我非要自己去看看不可。"

罗不安起来:"小心点儿,什么也别同意,别让人家骗了你!"

罗自己是很容易受骗的。他还没学乖,见了那跟在马戏班子后头的猜豆游戏①的车子也不会躲远点儿。

晚饭之后,罗戴上一条领带,穿过大田,去追求安妮·李了。卡尔和奥斯卡坐下来下棋。亚历山德拉就朗读《瑞士家庭鲁滨孙》给母亲和艾米听。不久,两个小伙子也放下棋听起来了。他们

---

① 一种骗人打赌的游戏。

都像大孩子一样,让那住在树洞里的一家人的历险故事给吸引住了,全神贯注地听着。

五

亚历山德拉和艾米在河边几个农场待了五天,赶着马车沿河上下走着。亚历山德拉跟男人扯地里的庄稼,跟女人扯她们养的鸡鸭。她跟一个青年庄稼人谈了一整天,那人到外边上过学,正在试验一种三叶草。亚历山德拉学到了很多东西。她一边赶着马车,一边和艾米讨论着,计划着。最后,到了第六天,她掉转马头朝着北方,离开河边,回去了。

"那儿没有什么我们可要的东西,艾米。那里有几块好农场,但那是属于城里的有钱人的,我们不能买。多数地都是高低不平、丘陵起伏。他们在这里总可以混日子,但成不了大事。他们这里稍微稳当一点儿,可是我们那里发展前途大。我们对高原一定要有信心,艾米。我比以前更坚持主张待下去了,等你长大了,你会感谢我的。"她加紧赶着布里汉姆向前奔去。

· 啊,拓荒者! ·

在爬上"分界线"的第一道长长的高地时,亚历山德拉开始哼起一支古老的瑞典赞美诗,艾米看他姐姐显得这么高兴,感到很奇怪。她是那样容光焕发,使他不好意思问她为什么。自从这块土地从地质纪元前的洪水中涌现出来以来,也许是第一次有一张人脸带着爱和渴求面向着它。她觉得这土地太美了,富饶、苗壮、光辉灿烂。她的眼睛如痴如醉地饱览着这广阔无垠的土地,直到泪水模糊了视线。于是,"分界线"之神——那弥漫其中的伟大、自由的神灵——大约也从来没有这样向人的意志低过头。每一个国家的历史都是从一个男人或一个女人的心里开始的。

亚历山德拉下午到家,当晚就召开了一个家庭会议,把她的所见所闻都向两个兄弟讲了。

"我希望你们自己下去看看。眼见是实,别的都说服不了你们。河边地比这里移民早几年,所以他们比我们先进几年,比我们多学会一些庄稼活儿。那里的地价是这儿的三倍,但是不出五年,我们这儿的地一定比他们贵一倍。那儿的好地都让有钱人占了,他们还在尽量地买地。我们现在应该做的是把牛和那点陈玉米卖了,把林斯特伦姆家的地买过来。然后下一步就把我们的一半宅地做抵押借两笔款,把彼得·克劳的地也买下来;尽一切力量筹措钱,把能买的每一亩①地都买下来。"

"又拿我们的宅地做抵押?"罗叫了起来,一跃而起,疯狂似的给钟上发条。"我可不再为还债做牛马了,我再也不干了。你要实行什么计划还不如把我们都杀了吧,亚历山德拉!"

奥斯卡擦着他的苍白的脸。"你准备怎么还债来赎回抵押呢?"

亚历山德拉来回看着他们两人,咬着嘴唇。他们从来没看见她这么紧张过。她终于都说出来了,"这么办:我们借款以六年为期。好了,用这笔钱,我们把林斯特伦姆家的一半地和克劳家的一半地买过来,也许还有斯特拉勃的地的四分之一。这样我们就多了一千四百亩地,不是吗?六年之内不需要付赎金。到那时候,这里任何一块地都会值三十块钱一亩——实际上要值五十块钱,不过我们姑且就算它三十块好了;然后随便卖

---

① 这里亩是指英亩,一英亩约合六市亩,下同。

掉哪儿的一小块园子,就可以付清一千六百块钱的债。我发愁的不是本钱,而是利息和税。我们为付这些钱是得过些紧日子。但是十年之后,我们再坐在这里,就是独立的地产主而不再是挣扎着的农民了,这点是肯定的,就跟我们现在是坐在这里一样千真万确。父亲当年一直盼着的机会终于到来了。"

罗在地板上来回踱着。"可是你怎么知道地价一定会上涨到足够付那笔抵押款——"

"而且还会让我们发财,是吗?"亚历山德拉坚定地插进来。"这我解释不上来,罗。你们就得相信我的话,我知道,就行了。当你驾着车在这地方到处转的时候,可以感觉得到这个机会正在到来。"

奥斯卡一直低头坐着,两手垂在两膝之间。"可是我们种不了这许多地,"他淡淡地说,好像是在说给自己听。"我们连试试看都不行,那么多地,我们要累死的。"他叹口气,把他布满老茧的拳头放在桌上。

亚历山德拉眼里充满了泪水。她把手搭到他肩上。"可怜的孩子,你不需要为这而劳动。城里那些把人家的地都买下来的人也并不想去种这些地。新来乍到一个地方,就应该看像他们这样的人是怎么做的。我们要学聪明人,别学傻瓜。我不希望你们总是这么干活,我希望你们能自立,艾米能上学。"

罗抱着脑袋,好像脑袋要裂开来似的。"人人都会说我们是发疯了。一定是发疯了,要不别人都会这样干的。"

"如果他们都这么干,我们就没多少机会了。不,罗。我跟那个正在试验种三叶草的聪明小伙子谈了很久。他说往往最该做的事正巧是大家都不做的事。为什么我们比邻居过得好一点儿?因为爸爸比他们有头脑。我们的人在老家就比旁人优秀一点。我们应该比他们做得多一点,看得远一点。是,妈妈,我现在就收拾桌子。"

亚历山德拉站起来。小伙子们到棚里去照料牲口,他们去了很久。回来之后,罗一个劲儿地拉手风琴,奥斯卡则一整晚上都在他父亲的书桌上画着。他们对亚历山德拉的计划没再说什么,不过她现在感到他们肯定会同意了。睡觉之前,奥斯卡去提一桶水。他一直没回来,亚历山德拉裹上一条头巾沿着小路跑到磨房去。她看见他抱着头坐在那里,就走过去坐在他旁边。

"你不想做的事就不要做,奥斯卡。"她轻声说道。她等了一会儿,可是他一动也不动。"如果你不愿意,我就不再谈这件事。你为什么那么泄气呢?"

"我真怕在那劳什子纸上签名,"他慢慢地说,"从我还是小孩子起,我们头上老是悬着一笔抵押借款。"

"那你就不要签好了。如果你这么觉得,我就不要你签。"

奥斯卡摇摇头。"不,我看得出那是一个机会。我想过很久,觉着也许行。我们已经陷得这么深了,不妨再陷得更深一点儿。可是要还清债务真是得拚命哪,就像把一架脱粒机从泥里拖出来一样;腰都要累断的。我跟罗干得够辛苦的了,可是没见咱们有什么起色。"

"这,我比谁都知道得清楚,奥斯卡,所以我才想要找一条轻松一点的路。我不想让每一块钱都要你们从地里刨出来。"

"我懂得你是什么意思。可能结果会好的。

可是在纸上签字毕竟是签字,这可不能有什么'可能''也许'的。"他拿起桶来,拖着沉重的步子走回家去。

亚历山德拉把头巾围紧,倚着磨房的风车架,仰望那透过秋霜起劲地闪着光的点点寒星。她喜欢看星星,喜欢想它们是多么硕大、多么遥远,又运行得多么有规律。思索大自然的行动总是给她以力量,每当她想到支配着这行动的规律时,她个人就有一种安全感。那天夜里,她对这乡土有了新的认识,几乎感到同它发生了一种新的关系。就是跟两个小伙子的谈话也没有消除当天下午驱车回到"分界线"路上时笼罩着她的那种感觉。她以前从来没有意识到这乡土对她多重要。那长草深处的啾啾虫鸣就是最优美的音乐。她觉得好像她的心也埋在那里,同鹌鹑、鸻鸟以及一切在阳光下低吟、长鸣的野生动物在一起。她感觉到未来正在那蜿蜒的、粗野的土冈下躁动着。

第二部 领 土

一

　　约翰·柏格森过世已经十六年了。现在他的妻子也安息在他身边,他俩的坟墓上白色的标记在麦地里闪闪发光。即使他能从地下爬起来,也不会认出这地方了。草原上当年曾翻过来给他安排长眠之处的粗糙地皮已经一去不复返。从挪威坟地望出去,是一张硕大无边的棋盘,一方方麦地和玉米地布成深浅相间的格子。电话线沿着白色的大路嗡嗡响着,路的拐角都是见棱见方的。从坟地门口数去,有十几家色彩鲜亮的农舍。巨大的红色仓房上面镀金的风信标隔着绿、褐、黄色的地块对眨着眼睛。风起处,轻巧的钢制风车在架子里颤动,扯动着风车杆——那风,还是常常整星期连续不停地吹过这高耸、活跃而不屈的乡土。

如今,"分界线"上已是人口稠密。肥沃的土地有着丰硕的收成。干燥、凉爽的天气和平整的地对人畜都很适宜。春耕的景象真叫人心旷神怡:往往一块地的犁沟延伸好几英里,那散发着这样茁壮、洁净的芳香,孕育着这样强大的生机和繁殖力的褐色土地,俯首听命于犁耙;犁头到处,泥土发出轻柔的、幸福的叹息,乖乖滚到一旁,连犁刀的光泽都丝毫无损。割麦子常常是日以继夜地进行,年成好的时候人、马都不够用。沉甸甸的麦穗把麦秆压弯,向刈刀倒去,割起来像丝绒一样。

这地方在开阔中带着一种爽朗、欢乐和青春的气息。它毫无怨色,毫无保留地把自己的一切奉献给那变化多端的四季。它和龙巴底的平原一样,似乎略略抬起了身子去迎那太阳。空气和大地出奇地融合无间,好像就是对方呼出的气。你可以从大气中感受到和土层里同样的那种滋补的、茁壮的气质,同样的力量和决心。

一个六月的早晨,有个青年小伙子站在挪威

· 啊,拓荒者! ·

坟地的栅栏门口,下意识地随着自己口哨吹出的曲调的节奏一下一下地磨着长柄大镰刀。他戴着一顶法兰绒帽子,穿着帆布裤子,白法兰绒衬衫袖子卷到胳膊肘。等他对刀刃感到满意了,就把磨刀石塞进裤袋里,开始挥动镰刀割草,接着吹口哨,不过出于对好静的老乡的尊重,轻轻地吹。也许这是不自觉的,因为他好像正在专心致志地想自己的心事,而这些心事又和古罗马角斗士的一样遥远。他是一个英俊的小伙子,高高的身材挺拔得像一棵年轻的松树,漂亮的脸上两道严肃的眉毛下面深深嵌着一双火辣辣的、灰色的眼睛。他两颗门牙缝隙特别宽,使他有特殊的吹口哨才能,在学校里以此出名。(他还在大学的军乐队里吹小号。)

当需要特别小心时,或是碰到一块石头,需要弯下身去在周围割时,他就暂时停下他的欢快的曲调——"宝石",等镰刀重新挥动自如时再从打断的地方接着吹。他没有去想在他明晃晃的镰刀下面的地底下的那些耗尽精力的拓荒者。他已经不大记得那古旧的荒郊野地和那艰苦的斗争——他姐姐终于在这场斗争中胜利了,而有多少人却为之忧伤以终。这些都是属于已经被遗忘了的黯淡童年;而今天,生活织出来的是绚丽夺目的图案:身为田径队长,保持着州际比赛的跳高纪录,二十一岁风华正茂,这一切是多么光辉灿烂!但是,有时候,在劳动间歇之中,年轻人常紧蹙眉头,使劲望着地面,使人感到,即使二十一岁,也有他的问题。

当他约莫刈了大半个钟头的草时,听到身后大路上有轻便马车的响声,他想大概是姐姐视察哪一块农场回来了,就头也不回地干下去。马车在门口停下,一个欢快的女低音喊道:"快要干完了吗?艾米?"他放下镰刀向篱笆走去,一边用手绢擦着脸和脖子。车里坐着一位年轻女郎,戴着赶马车的手套,宽边帽子,边上缀着红罂粟花。她的棕色、圆圆的脸蛋就像一朵罂粟花,两颊和嘴唇色彩艳丽,一对忽闪忽闪的黄褐色的眼睛洋溢着欢乐的光辉。风拍打着她的大帽子,戏弄她栗色的鬈发。她对这高大的小伙子摇摇头。

"你什么时候干完?这对一个运动员来说可不算什么活儿。我已经到城里来回一趟了。亚历山德拉让你睡晚觉了吧?哦,我知道的!罗的妻

· 啊,拓荒者! ·

子常告诉我她怎么宠你。你要是干完了的话,我本来是打算带你一段路的。"她捡起缰绳。

"可是我马上就要完了。等我一会儿吧,麦丽,"艾米求着她说,"亚历山德拉派我给我们地里刈草,可是我给好几家别人的地都干了活,你看!等我把库尔德纳家的地干完。再说,他们是波希米亚人。他们为什么不葬在天主教的墓地?"

"自由信仰者。"女郎简短地回答。

"大学里好多波希米亚人都是自由信仰者,"艾米说着重新捡起镰刀,"不管怎么样,你们为什么要把约翰·赫斯①烧死呢?这可引起了很大的争论,到现在他们还在历史课上唠叨没完呢。"

"碰到同样情况,我们大多数人还会这么做的。"年轻姑娘激动地说。"要不是波希米亚人,你们到现在还是没开化的土耳其异教徒呢,难道你们历史课上没教给你们这一点吗?"

艾米继续闷头刈草。"一点儿没错,你们捷

---

① 约翰·赫斯(1369—1415),波希米亚宗教革新主义者。曾任布拉格大学校长及伯利恒教堂主教。发表著作反对信徒相信圣灵显圣。最后被教会判刑烧死。

克人可真是一个惹不起的小集团。"他回头叫道。

麦丽安安稳稳地坐在车座上,望着小伙子的长臂有韵律的动作,一边挥动自己的脚,好像在给自己心里哼着的一首歌打拍子。时间一分钟一分钟地过去了,艾米卖劲地刈着草,麦丽沐浴在阳光下看着长长的草倒下来。她坐着的神态有一种天性快乐的人特有的安详,这种人能够随遇而安,很快就能适应周围的环境。艾米最后唰地一挥手,然后把门砰地关上,跳进了车里,手里的镰刀远远地伸在车外。他松了一口气说:"好了,我也帮李老头儿割了一把。罗的妻子不用说三道四,我还从来没见过罗到这里来刈草呢。"

麦丽咯咯地唤着她的马。"咳,安妮这个人你是知道的,"她瞧着这年轻人裸露的臂膀,"你自从来这里之后晒得多黑啊。我真希望我有一个体育健将来为我的果园刈草,现在我去摘樱桃时一直湿到膝盖。"

"你可以有的,你什么时候要他来都可以。最好等下过一场雨。"艾米瞭着天边,好像是在寻找云彩。

"你肯吗?哦,真是好孩子!"她转过去向他嫣然一笑。他与其说是看见了,不如说是感觉到了。其实,他故意望着别处,为的是不看她。"我刚才去看安琪莉克的结婚礼服来着,"麦丽接着说,"我太兴奋了,简直等不及礼拜天到来。阿梅代一定是一位漂亮的新郎。除了你之外还有别人给他当伴郎吗?好,那一定会是一场漂亮的婚礼。"她向艾米做个鬼脸,艾米满脸通红。麦丽接着说,"弗兰克直对我发脾气,因为我把他的马鞍借给了扬·斯米尔卡,我真怕他不带我去参加今晚的舞会。也许那顿晚饭会吸引他。安琪莉克的全家人,还有阿梅代的二十个表亲,都在为这顿晚饭烤点心。还有成桶的啤酒。我要是能把弗兰克拉去吃晚饭,那我一定要想法留下来跳舞。对了,艾米,你跟我只跳一两次舞就行了,你应该跟所有的法国女孩子跳舞。你不跟她们跳会伤她们的感情的。她们会认为你因为上了学什么的就骄傲了。"

艾米鼻子里哼了一声,"你怎么知道她们是这么想的?"

"在劳尔·马赛家的那次晚会上你没有跟她们跳多少舞,从她们瞧你——还有瞧我——的眼神里,我可以看出她们的反应。"

"好吧。"艾米简短地说,仔细端详着他的镰刀刀刃。

他们驱车向西边挪威沟奔去,奔向一所坐落在几里地以外小山上的大白房子,那房子周围有这么多棚子和外围建筑,简直有点像一座小山庄。一个陌生人走近这里,不由得会注意到这一片地是多么美、多么富饶。这个大农场自有其与众不同的个性,修葺得特别整齐,管理得特别细致。从山脚一里地以外起,路的两旁树着两排高高的橘藩篱,那绿油油的叶子刚好把黄色的田野隔开。山南边用桑树圈起来的浅沼地是果园,果树长在没膝深的梯牧草丛中。附近随便哪个人都会告诉你,这是"分界线"上最富的农场,农场主是一个女人,名叫亚历山德拉·柏格森。

如果你上山走进亚历山德拉的大房子,你会发现里面给人一种奇特的、还没有布置完的感觉。舒适的程度很不平衡。有一间屋子墙上糊好纸,地上铺着地毯,家具挤得特别满;而旁边一间屋子则几乎是光秃秃的。最惬意的屋子是厨房——亚历山德拉雇的三个瑞典姑娘在里面聊天、做饭,整个夏天都在里面腌瓜果、做果酱。还有就是起居室,亚历山德拉把柏格森家老木屋里的简朴的旧家具、家庭画像以及她母亲从瑞典带来的几样东西都放在这里面。

当你出了房子走进花园时,你会再次感受到在大农场到处都显示出来的那种井然有序和细致的管理;那栅栏、篱笆、风墙、棚架以及左右对称的两个水池——水池周围还种着柳树以便在蝇子孳生的季节给来这里饮水的牲口遮荫——无处不是如此。这园子里的核桃树下甚至还有一排白色的蜂房。你会感到,亚历山德拉真正的住宅是那辽阔的旷野,只有在土地里她才最能充分表现自己。

二

艾米到家时中午已过,他走进厨房,亚历山德拉已经坐在长桌子的一头和她的雇工们一同就餐。除非有客人,她平常总是这样的。他溜了进去,坐在他姐姐右手的空位子上。给亚历山德拉做家务活儿的三个标致的瑞典姑娘正在切点心,给大家添咖啡,把一盘盘的面包、肉和土豆摆到红色的台布上。她们在桌子和炉子之间不断地互相挡道儿。说实在的,她们总是浪费好多时间你碰我我碰你的,然后又为互相弄错而咯咯笑个没完。可是,正如亚历山德拉直截了当告诉她弟媳妇的,正是为了听她们咯咯笑,她才把这三个小家伙留在厨房的;要说这点活儿,必要时她自己完全可以干得下来。这几个姑娘常常接到长长的家信,打扮得漂漂亮亮,还谈恋爱。这些都给亚历山德拉消愁解闷,艾米在学校的时候,她们还能给她做伴。

那个最小的西格娜,有着漂亮的身材,粉红的双颊带点雀斑,黄头发,亚历山德拉特别喜爱,不过看得也特别严。西格娜在开饭的时候,当着那些男工很容易心慌意乱,不是洒了咖啡,就是弄翻了奶油。饭桌上六个男工之一,奈尔斯·詹森好像是在追求西格娜。不过他非常小心,决不明确表态,所以屋里谁也说不出事情究竟进行到什么地步了,西格娜尤其不知道。当西格娜给大家上吃食时,他总是闷闷地瞧着她。晚上,他总是坐在炉子后面的长凳上,在手风琴上拉出忧伤的调子,一边望着她走来走去干活儿。亚历山德拉问起西格娜她觉得奈尔斯是不是认真的,她就把手藏在围裙后面咕哝着说,"我不知道,他什么事都骂我,好像他是真想要我似的!"

亚历山德拉左边坐着一个很老的老头儿,光脚,穿一件开领蓝衬衫。他蓬松的头发并不比十六年前白多少,可是他那蓝色的小眼睛已经失去了光泽,水汪汪的,他那红润的脸庞像在树上挂了一冬天的苹果一样干瘪了。十二年前艾弗由于管理不善失去了土地,亚历山德拉收留了他。从那时起,他就成了她大家庭的一员。他年纪太大,不能在地里干活儿了,不过他能拴马车、解马车,而且照料牲口的健康。有时,冬天的晚上,亚历山德拉叫他进来,在起居室里给她朗读《圣经》,因为他还是朗诵得非常好。他不喜欢人住的地方,亚历山德拉就给他在草料库里装了一间屋子,他在那儿很舒服,因为离马近,而且,用他的话来说,远离尘世的诱惑。从来没人弄清楚过他所谓的诱惑到底是什么。冷天,他就坐在火旁边做吊床或者修马笼头,直到上床的时候,就到炉子后面念很长的祷告辞,然后穿上他的水牛皮外衣走出屋子回到草料库去。

亚历山德拉自己变化很少。她身材丰满了一些，多了些色彩，好像比年轻姑娘的时候更开朗，精力更充沛了。但是神态依旧那样安详、稳重，眼睛依旧那样清澈，头发依旧梳成两条辫子盘在头上。由于拳曲，发梢总是拢不住要钻出来，使她的头看起来像她菜园子四周的一朵巨大的双层向日葵。她到夏天脸总是晒得黑黑的，因为她的遮阳帽拿在手里比戴在头上的时候多。不过在她领口敞开，或是袖子撸起处，那洁白、细腻的皮肤是只有瑞典女人才有的，真个是雪肤冰肌！

亚历山德拉在饭桌上话不多，不过她鼓励她的长工们讲话，即使他们看来在说傻话时，她也用心听着。

今天，巴奈·弗林，那个大脑袋、红头发的爱尔兰人正在埋怨亚历山德拉春天新建的贮存饲料的地窖。他跟亚历山德拉干活已经五年了，实际上是她的工头，不过没有这个头衔。那是"分界线"第一个饲料窖。亚历山德拉的邻居和她自己周围的人都对它抱怀疑态度。巴奈承认说："当然，如果那玩意儿不成功，我们也还有的是饲料。"

· 啊,拓荒者!·

西格娜的郁闷的追求者奈尔斯·詹森发话了:"罗说,这饲料窖你白送他也不要。他说牲口吃了那里头的料要得胀气病的。他听说有人家用那玩意儿喂马,死了四匹。"

亚历山德拉一个个看着桌上的人,"是啊,要知道究竟怎么样,惟一的办法就是试试看。罗跟我对于喂牲口有不同的看法,这是好事。要是全家人想法都一样就不好了。这样是不会有什么出息的。罗可以从我的错误吸取经验,我也可以从他的错误学到东西,这不公平吗,巴奈?"

爱尔兰人笑了。他一点也不喜欢罗,因为罗总是对他挺傲慢的,而且还说亚历山德拉工资给得太高。"我没别的想法,只有老老实实试一试,小姐。已经为它花了那么多钱,也只有这样做才对。艾米是不是跟我一块儿来看看?"他把椅子一推,从挂钉上取下帽子,跟艾米一起出去了。艾米是大学生,据说造这个地窖最早就是他出的主意。其他长工也跟着出去了,只有艾弗没走。他整整一顿饭一直闷闷不乐,也没听人谈话,连他们谈到牲口得玉米秸胀气病时也没理会,平常对这个问题他是一定要发表意见的。

"你是不是有话跟我说,艾弗?"亚历山德拉站起来时问道,"来,到起居室来吧。"

老头儿跟了进来,但是她指给他一张椅子时,他摇摇头。她拿起针线篮来,等着他开口。他站在那里,眼望着地毯,耷拉着蓬松的脑袋,双手合着放在前面。他的罗圈腿好像随着年光越来越短了,跟他宽阔的身子和厚实的肩膀极不相称。

"艾弗,什么事?"亚历山德拉等了一会儿,超过了往常的时间,然后问道。

艾弗始终没学会讲英语,他的挪威话典雅、庄重,就像老式人讲话那样。他总是毕恭毕敬地对亚历山德拉讲话,希望以此给厨房里的几个姑娘做个好榜样,他认为她们太随便了。

"小姐,"他开始轻轻地说,眼睛也没抬起来,"最近这里的人都冷眼瞧我,您知道有人说闲话吗?"

"什么闲话呢,艾弗?"

"说要把我送走,送到疯人院去。"

亚历山德拉放下针线篮。"没人在我跟前讲过这种话,"她坚决地说,"你何必听这种闲话呢?你知道我绝不会同意这种事的。"

· 啊,拓荒者! ·

艾弗抬起他乱蓬蓬的头来,用小眼睛望着她。"他们说,如果家里人去告我,如果您弟弟到官里去告我,您是拦不住的。他们说您弟弟们怕我在魔法附身时会作出伤害您的事来——真是上帝不容!小姐,人家怎么能想到那儿去呢?——怎么能想我会把喂我吃饭的手反咬一口呢?"眼泪落到了老人的胡子上。

亚历山德拉皱起眉头。"艾弗,我真不明白,你竟然会拿这种胡话来让我操心。我还在当这个家,别人谁也管不着你,也管不着我。只要我看你顺眼,谁也没话说。"

艾弗从衬衫胸口里拿出一条红手巾擦擦眼睛和胡子。"不过,要是真像他们说的,我在这里对您不好,使您难以雇到工人,那我就不应该希望您把我留下。"

亚历山德拉做了一个不耐烦的手势,可是老人伸出双手恳切地接着说下去:

"听我说,小姐,您应该考虑这些事。您知道我的魔法是从上帝那里来的,我决不会伤害任何生物。您是相信每一个人都应该按照他得到的启示的方式去信仰上帝的。可是这里的做法不是这样。这里是要大家都一个样儿。由于我不穿鞋,不理发,还由于我有时能见到神灵显圣,人家就看不起我。在我老家有好多人都像我一样,有的是上帝接触过的,有的夜里在坟地见到过什么东西,以后就变了一个人。我们从来不以为怪,由他们去。可是在这儿,如果一个人的脚或者头与众不同,他们就把他送进疯人院。您看彼得·克拉里克,他小时候到溪里去喝水,吞了一条蛇下去,从此以后他只能吃蛇喜欢的东西,因为他一吃别的东西,那蛇就要发火,咬他。当他感到蛇在里面甩打的时候就喝酒来麻醉它,好让自己得到一点儿安宁。他干活完全跟别人一样行,头脑也挺清楚,可是他们把他锁了起来,就因为他肚里与众不同。这就是这儿的做法。他们造了疯人院专关与众不同的人,甚至不肯让我们住在洞里跟獾做伴。到目前为止,全靠您家业兴旺才保护了我,要是您运气不好,他们早就把我送到黑斯丁去了。"

艾弗说着说着,渐渐地开朗起来。亚历山德拉发现她总是能通过跟他谈话,让他把心里发愁的事都倒出来,来打破他的绝食和长期的苦修行。同情总能使他头脑清醒起来,而嘲笑则足以毒害他。

"你说得很有道理,艾弗。说不定他们因为我盖了一个饲料窖也要把我送到黑斯丁去呢,那我就带你一块儿去。可是现在我需要你在这儿。只是不要再来跟我说人家说什么。人家爱怎么说就让他们去说,我们觉得怎么过最好,我们就怎么过下去。你跟我已经十二年了,我经常找你出主意,比我找任何人都多,这该让你满意了吧。"

艾弗恭敬地鞠一个躬,"是的,小姐,我以后不再拿人家说什么来麻烦您了。至于我的脚,我这些年来一直遵循您的愿望去做,尽管您从来没有问过我——每天晚上都洗,冬天也是一样。"

亚历山德拉笑了。"噢,你的脚没关系,艾弗。我们还记得过去邻居里有一半都是光脚的。我想李老太太还是常常很想脱掉鞋子的——要是她敢的话。我很高兴我不是罗的丈母娘。"

艾弗神秘地看看四周,然后压低声音说:"您知道罗家里有什么东西吗?有一个像老家的石头水槽那样的大白缸,洗身子用的。那天您让我送杨梅去,他们都进城了,就是李老太太和小娃娃在家,她带我进去指给我看的。她说在那里面是洗不干净的,因为放那么多水就没法泡浓肥皂水。所以当他们放满了水让她进去洗澡时,她就在里面把水溅得哗啦哗啦的,假装洗。然后等他们都睡觉之后,再把床底下的小木盆拿出来,在那里面洗。"

亚历山德拉笑得前仰后合。"可怜的李老太太!他们还不让她戴睡帽。没关系,等她上我这儿来做客的时候,她可以一切按老办法做,而且爱喝多少啤酒就喝多少。咱们给老式的人专盖一所疯人院吧,艾弗。"

艾弗把他的大手巾小心地叠起来,塞回衬衫里面。"小姐,总是这样的,每次我发着愁来找您,等您把我打发走时我心里就松快了。能不能请您告诉那个爱尔兰人,在那匹阉过的棕色雄马肩上的伤养好之前不要让它干活?"

"我会告诉他的。现在去把艾米那匹母马套上车。我要到北边去会城里来的那个要买我的苜蓿草的人。"

· 啊,拓荒者! ·

三

然而,关于艾弗,亚历山德拉还得多听点儿闲话。星期日,她两个结了婚的弟弟来吃晚饭。她挑了那天请他们来,因为艾米特别讨厌家庭聚会,而那天他正好不在,到法国村庄去参加阿梅代·什瓦里埃的婚礼舞会去了。在饭厅里摆好了请客的桌子,那里的木器都漆得光光的,还有带颜色的玻璃器皿和没用的瓷器都很显眼,够得上新发家的标准。亚历山德拉完全托付给了汉努威的家具商,他下功夫尽其所能地把她的饭厅布置得好像他的橱窗。她坦率地说,她对这类事一窍不通,甘心随俗——就是认为越是没用,或是根本没法使用的东西,装饰价值就越高。这好像也满有道理。由于她自己喜欢朴素的东西,就更有必要在请客的屋子里放上人家能欣赏的瓶瓶罐罐和蜡烛台。她的客人喜欢在周围看到这些兴旺发达的标志。

除了艾米和奥斯卡的妻子之外,一家人都到齐了。奥斯卡的妻子,用当地的话来说,"这会儿哪儿也不想去"。奥斯卡坐在桌子的横头,他的四个五岁到十二岁的亚麻色头发的儿子排排坐在一边。奥斯卡和罗变化都不大,正如亚历山德拉很久以前说他们的,他们只不过是长得越来越是自己了。罗现在看起来好像年纪比哥哥更大一点;他的脸比较瘦削、机灵,眼角有些皱纹,而奥斯卡的脸则敦厚、呆滞。可是呆尽管呆,他还是赚钱比弟弟多,这使得罗更加尖刻、更加不自在,惹得他总想表现一下自己。罗的问题是鬼心眼儿太多,而邻居们都看出来了——用艾弗的话说——他没白长一张狐狸脸。由于政治活动是发挥这种才能的天然场所,他就常常撇下他的农场不管,而去参加集会,竞选县城的职务。

罗的妻子,原来叫安妮·李,出奇地越长越像她丈夫。她的脸越来越长而尖,长相越来越厉害。她的黄头发梳成一个高高的发髻,满身珠光宝气的。夹脚的高跟鞋使她走起路来很别扭,而且她随时都在注意着自己的衣服。她坐在饭桌旁不断地告诫她的小女儿"当心点,别把东西掉在妈妈衣服上"。

饭桌上的谈话都是用英语进行的。奥斯卡的妻子是密苏里州疟疾流行地区的人,她以嫁了一个外国人为耻,她的孩子们瑞典话一个字都不懂。安妮和罗有时在家里讲瑞典话,但是安妮怕人"撞见"自己讲瑞典话,几乎像当年她母亲怕人撞见自己光脚一样。奥斯卡至今还是口音很重,可是罗英文讲得跟任何一个依阿华出生的人一样好。

他此刻在说:"当我到黑斯丁去参加大会时,遇到了疯人院的院长,我跟他讲了艾弗的症状。他说艾弗的病情是最严重的一种,他居然还没有干出暴力的事情来,是很奇怪的。"

亚历山德拉开心地笑起来。"瞎说八道,罗!要是听那些医生的话,他们恨不得让我们都成了疯子。艾弗是有一点儿古怪,不过他比我雇的工人里的一半都有头脑。"

罗飞快地吃着炸鸡。"哦,我想医生还是懂行的,亚历山德拉。我告诉他你怎么安置艾弗,他惊奇极了。他说他哪天晚上都可能放火烧了草料库,或是拿起斧头来追你或者那几个女孩子。"

正在端菜的小西格娜听了之后咯咯笑着逃到厨房去了。亚历山德拉的眼睛闪着光,"你当着西格娜说这话也太过分了,罗,我们大家都知道艾弗从来不伤害别人,那几个女孩子可能我拿着斧头赶她们,还比他可能性大一点儿。"

罗涨红了脸,向他妻子做了一个手势。"不管怎么样,不久邻居们也要对这件事发言的。他可能把随便哪一家的仓库给烧了。城里只需有一名地产主去告,他就会给强制拉走的。你还是自己把他送去的好,免得闹得大家不愉快。"

亚历山德拉给一个小侄子舀点儿肉汁。"好吧,罗,如果有哪个邻居真那么做了,我就指定自己为艾弗的保护人,到法院去打官司好了。我对他非常满意。"

"把果酱递给我,罗。"安妮口气里带着警告。她有理由不希望她丈夫太公开地冲撞亚历山德拉。"不过你难道不觉得让人在这里碰到他不大好吗,亚历山德拉?"她能言善道地接着说,"他确实很不体面,而你现在这儿已经搞得这么漂亮。有了他使别人不敢接近你,因为他们不知道什么时候就会听见他东抓西抓的。我的姑娘们怕他怕得要死,不是吗,米丽,亲爱的?"

米丽今年十五岁,长得胖胖的、乐呵呵的,头发向上拢着,脸是奶油色的,上嘴唇比较短,露出

· 啊,拓荒者! ·

一口方正的白牙。她很像她的祖母柏格森太太,也有着她的舒坦的和喜欢舒适的性格。她冲姑姑笑笑,她跟姑姑在一起比跟母亲在一起要自在得多。亚历山德拉对她眨眨眼睛作为回答。

"米丽不用怕艾弗。艾弗特别喜欢她。我认为艾弗跟我们有同样的权利按自己喜欢的方式穿衣服、想问题。不过我会注意让他不要干扰别人。我会把他留在家里不出去的。所以,罗,别再为他操心了。我一直想问问你的新澡盆,用起来怎么样?"

安妮出面回答,好让罗有时间转过弯儿来。"哦,可好用啦,我都没法让他出来。他现在一星期要洗三次全身澡,把热水都用光。我觉得像他那样在里头待那么长时间对身体不好。你也应该有一个,亚历山德拉。"

"我正在想。我也可以弄一个来给艾弗放在草料库里,要是这样能让别人放心的话。不过我在买澡盆之前先要给米丽买一架钢琴。"

桌子那一头的奥斯卡从盘子上抬起眼睛来。"米丽要钢琴干什么?她的风琴怎么了?她还可以用那架风琴嘛,要弹,可以上教堂里去弹。"

安妮有点沉不住气了。她曾经求亚历山德拉不要在奥斯卡面前谈这个计划,他对姐姐关照罗的孩子是会妒忌的。亚历山德拉和奥斯卡的妻子完全合不来。"米丽是可以在教堂弹琴,她还在弹风琴。不过在风琴上练习会把指法练坏的,这是她老师说的。"安妮说着激动起来。

奥斯卡转转眼珠子。"如果米丽已经能弹风琴,那她大概弹得挺好了。我知道好多大人都还没到这个程度呢。"他生硬地说。

安妮把头一甩。"她是弹得挺好,明年她在城里的学校毕业时,还要在毕业典礼上表演呢。"

"是的,"亚历山德拉语气很坚定,"我想米丽应当有一架钢琴。这里所有的女孩子都学了好几年了,可是只有米丽是你叫她弹就能弹一曲出来的。告诉你,我什么时候第一次想起要给你一架钢琴的吧,米丽,那是你学会弹你祖父过去常唱的那本古老的瑞典歌曲集的时候。他有一个动人的男高音嗓子,年轻的时候很爱唱歌。我还记得小时候听他在船坞里和水手们一起唱歌,那时我只有斯泰拉那么大。"她指着安妮的小女儿。

米丽和斯泰拉两人同时从门口望到起居室,

那里墙上挂着一张约翰·柏格森的铅笔画像。这是亚历山德拉请人照着他离开瑞典时拍的照片画的。画上是一个三十五岁身材修长的男人,拳曲的软发围着高高的额头,两撇弯下来的小胡子,迷茫的、忧伤的眼睛望着远方,好像已经看到了新世界。

饭后,罗和奥斯卡到果园去采樱桃——他们两个都没有耐心自己搞个果园——安妮就到厨房去跟那几个洗着杯碟的女孩子闲聊。从这些叽叽喳喳的女孩子那里,总能比从亚历山德拉自己嘴里了解到更多关于她家业的情况,然后再同罗一起把发现的情况加以利用,想法占点便宜。在"分界线",农家女儿已经不出去帮工了,所以亚历山德拉是付了全部旅费从瑞典雇女工的。她们跟她一起过,直到结婚,然后再由老家的姐妹或表姐妹来代替。

亚历山德拉领着三个侄女到花园去。她很喜欢这几个小女孩,特别是米丽。她常来跟她姑姑住上个把礼拜,给她朗读房子里的旧书,或是听姑姑讲"分界线"早年的故事。她们在花坛之间走着时,一辆小马车驶上山丘,停在门口。里面出来一个男人,站在那里和赶车的讲话。小女孩看到从远处来的陌生人都很高兴,她们从他的衣服、手套和他修成尖角形的黑胡子上看出他是来自遥远的地方的。女孩子们躲到姑姑身后,从蓖麻的缝隙里偷看他。陌生人走到门口,帽子拿在手里,站在那里微笑着。亚历山德拉慢慢地迎着他走过去。等她走近之后,他用低沉而悦人的声音说道:

"你不认识我了吗,亚历山德拉?我随便在哪儿都会认出你来的。"

亚历山德拉用手遮着眼睛,忽然快步跑上去。"这可能吗!"她激动地叫起来,"这能是卡尔·林斯特伦姆吗?可不是吗,卡尔,真是你!"她伸出双手去,越过门栅栏,和他的手握在一起。"赛迪,米丽,跑去告诉你爸爸和奥斯卡大伯,我们的老朋友卡尔·林斯特伦姆来了。快!咳,卡尔,这是怎么回事?我简直不敢相信!"亚历山德拉甩掉眼里的泪珠,笑了起来。

陌生人向赶车的点点头,把皮包扔进栏杆里面,打开门。"这么说,你高兴看见我,愿意留我过夜喽?我不能路过这里而不停下来看看你。你变化真少!你知道吗,我原来就肯定一定会是这样的。你是不会变样的,你气色多好啊!"他退后一步,欣赏地望着她。

亚历山德拉脸红了,又笑起来。"可是你自己,卡尔——留起胡子来了,我怎么认得出你呢?你走的时候还是个孩子。"她去提他的皮包。他过来拦住,她就把手丢开。"你看,我露馅儿了吧。我这里只有女客来拜访,所以已经不懂礼节了。你的箱子呢?"

"在汉努威,我只能住几天,我是到西海岸去路过这里的。"

他们沿着小道走进去。"才住几天?去了这么多年!"亚历山德拉对他摇摇手指头。"你看,你已经掉进了陷阱,没那么容易跑出去。"她亲切地把手搭在他的肩上。"看在往日的面上,你早该来看我的。你不去西海岸不行吗?"

"喔,我非去不可!我是个走江湖碰运气的。从西雅图我还要到阿拉斯加去。"

"阿拉斯加?"她惊讶地望着他。"你要去画印第安人吗?"

"画?"年轻人皱起眉头。"喔!我不是画画的,亚历山德拉,我是搞蚀刻的,我跟画画没关系。"

"可是在我的客厅墙上我还挂着那幅画……"

他神经质地打断她,"咳,水彩素描——画着玩儿的。我寄给你是让你想着我,不是因为那画有什么好。你这地方收拾得多好啊,亚历山德拉。"他转过身去看着那如画的原野、篱笆和牧场。"我原先真不会相信能够搞成这样呢。我对自己的眼力和自己的想象力真感到失望。"

这时罗和奥斯卡从果园爬上了山丘。他们看见卡尔之后并没有加快步子;事实上,他们没有直接往他这边看。他们犹犹疑疑地走着,好像希望把距离拉长。

亚历山德拉向他们打着招呼。"他们以为我在骗他们呢。来啊,小伙子,是卡尔·林斯特伦姆,我们的老卡尔!"

罗从侧面很快地瞟了客人一眼,伸出手来,"很高兴看到你。"奥斯卡接着说了一句:"你好。"卡尔不知道他们的冷淡是出于不友好,还是出于困窘。他跟亚历山德拉在前面领路,向平台走去。

亚历山德拉向他们解释:"卡尔是到西雅图

去路过这里。他还要到阿拉斯加去。"

奥斯卡端详着客人的黄皮鞋。"在那儿有生意吗?"他问道。

卡尔笑了。"有,而且是很急的生意。我要去发财去。蚀刻是很有意思的职业,可是靠这决赚不了钱。所以我要去试试金子这一行。"

亚历山德拉感觉出来这话说得比较圆滑,罗感兴趣地抬起眼来。"以前干过这一行吗?"

"没有,不过我要去找一个从纽约去的朋友,他在那儿干得很好,答应让我入伙。"

"听说那儿冬天冷得够呛,"奥斯卡说,"我以为人们是春天才去那儿的。"

"是这样的。不过我的朋友要在西雅图过冬。我准备到那儿跟他一块儿住些时候,学学勘探,明年再往北边去。"

罗有点怀疑的样子,"算算看,你从这儿走了多久了?"

"十六年。你应该记得的,罗,因为你是我们刚一走就结婚的。"

"打算跟我们一块儿住些时候吗?"奥斯卡问。

"就几天,如果亚历山德拉留我的话。"

"我想你会想要看看你们的老地方的。"罗现在口气比较亲切一些。"你简直不会认得了。可是有几间你们过去的土房子还保留着。亚历山德拉坚决不让弗兰克·沙巴塔犁掉。"

安妮·李自从听到客人来的消息之后一直在弄头发,整理花边,后悔没穿另外一件衣服来,现在同三个女儿一起出现了,并给她们一一介绍。她为卡尔的文雅的风度所打动,由于兴奋,说话声音很大,脑袋晃来晃去。"你还没结婚?像你这样年纪,真是的!那你得等米丽长大了。是的,我们还有一个男孩子,最小的一个。他跟外婆在家呢。你一定要来看看我母亲,并且听米丽弹琴。她是全家的音乐家。她也搞烙画,那是在木头上烧的,你知道。你简直不会相信她能用烙画笔画出什么样的东西来。是的,她在城里上学,是班上最小的,比人家小两岁。"

米丽神情很不自在,卡尔又拿起她的手来。他喜欢她的奶油色的皮肤和快乐无邪的眼睛,他也看得出来她母亲这样讲话使她难堪。"我相信她一定是个聪明的小姑娘。"他低声说道,若有所思地看着她。"让我看——啊,她长得像你母亲,亚历山德拉。柏格森太太是个小姑娘的时候一定也是这个样子。米丽也跟你和亚历山德拉当年那样满村子乱跑吗,安妮?"

米丽的母亲赶快否认。"哦,天哪,不!打我们是小姑娘的时候以来,变化可大啦。米丽的生活可大不相同了。等女孩子们长大到能参加社交活动的时候,我们就要把这里的地租出去,搬到城里去住。现在这里好多人都是这么做的。罗要去做买卖了。"

罗咧嘴笑笑。"那是她说的。你还是去穿好衣服吧,艾弗就要来了。"他转向安妮说道。

年轻的农民很少叫妻子的名字,总是称"你"或是"她"。

把他妻子支使开之后,罗在台阶上坐下,开始进攻。"纽约人对威廉·杰宁斯·布赖恩①什么看法?"他开始吼叫起来,他一谈政治总要这样的。"一八九六年我们把华尔街吓了一跳,好了,

---

① 布赖恩(1860—1925),美国政治家,曾为民主党众议员及民主党大会主席,两度竞选总统失败。在威尔逊总统时任国务卿,力主美国自由铸银币。

现在我们还要给它点颜色看。银子不是惟一的问题。"他诡秘地点点头。"许多事情都该变一变了。西部一定要让大家听到自己的声音。"

卡尔笑了。"这点肯定已经做到,即使别的还没有做到。"

罗的瘦脸一直红到他刷子般的头发根。"哦,我们刚刚开始。我们正在觉醒,意识到我们的责任,就在这里,我们什么也不怕。你们那儿的人一定都是软骨头,要是有点胆子的话就该联合起来走到华尔街,把它砸烂,我意思是说用炸药把它炸烂。"他威胁地点一下头。

他讲得那么认真,卡尔不知道怎么回答他才好。"那是浪费炸药。同样的买卖又会在别的街上兴旺起来。在哪条街是不重要的。可是你们这儿的人有什么好闹腾的呢?你们这儿是惟一安全的地方。就是摩根也奈何你们不得。只要赶着车在这地方跑一趟就可以看得出来你们都像男爵一样富。"

"我们现在比从前受穷的时候想说的话要多得多,"罗气势逼人地说,"我们要干的事多着呢。"

· 啊,拓荒者! ·

当艾弗赶着一辆双套马车到达门口时,安妮戴着一顶活像军舰模型的帽子出来了。卡尔站起来送她到马车旁,这当儿罗留在后面跟他姐姐说几句话。

"你认为他是干什么来的?"他把头往门口一翘,问道。

"怎么,来看看我们啊。我求了他好几年了。"

奥斯卡看着亚历山德拉,"他事先没告诉你他要来吗?"

"没有,为什么要告诉呢?我跟他说过他随时都可以来。"

罗耸耸肩膀。"他看来没怎么发迹,流浪到了这边来!"

奥斯卡好像从山洞深处发出声音来,庄严地说道:"他从来就没多大出息。"

亚历山德拉离开他们赶到门口去,安妮正在向卡尔唠叨她饭厅里的新家具。卡尔扶她上车时,她回头叫道:"你一定要快点把林斯特伦姆先生带到我家来,不过一定得先打电话告诉我。"白发苍苍的老艾弗站在那里拉着马。罗从小道走过来,爬进前座,拿起缰绳,没再跟任何人说一句话就赶车走了。奥斯卡抱起最小的儿子踏着沉重的脚步沿大路走去,另外三个跟在后面。卡尔给亚历山德拉开门,笑了起来。"来了,来到分界线啦,嗯,亚历山德拉?"他愉快地喊着。

四

亚历山德拉觉得卡尔比想象中的变化要小得多。他没有变成一个修饰整齐,自鸣得意的城里人。他身上还带着朴实、倔强的气质,确实有他自己的个性。甚至他的衣着,那件诺福克外衣和很高的领子都有点不落俗套。他似乎还和过去一样常常沉默寡言,落落不群,好像是怕受外界的伤害。总之他比起一般三十五岁的男人来,更为腼腆一些。他看上去比实际年龄要老,而且不很强壮。他的瘦削的前额上依旧落下三角形的一绺黑发,但是额角处已经稀薄了,无情的细细的皱纹已爬上眼角。他两肩高耸,棱角分明,背影像是一个正在休假的劳累过度的德国教授。他的脸聪明、敏感而忧郁。

· 啊,拓荒者! ·

那天晚饭之后,卡尔和亚历山德拉坐在花园中间蓖麻丛旁。月光下,沙砾铺成的小径闪烁着,下面是一片白色的、寂静的田野。

"你知道吗,亚历山德拉,"他说,"我一直在想事物的发展是多么奇怪。我在别处刻着别人的图画,而你却留在家乡制作自己的图画。"他用手里的雪茄烟指了指那沉睡的景物。"你是怎么做成的?你的邻居们又是怎么做成的?"

"这和我们谁也没有多大关系,卡尔。是土地自己做成的。它和我们开了个小小的玩笑。它起初假装贫瘠,因为没有人知道该怎么对付它;后来,忽然一下子,它自己工作起来了。它从沉睡中觉醒,舒展开来,真大,真富,于是我们也就忽然发现自己很富了,是坐享其成!至于我,你还记得我开始买地的时候吧。从那以后好多年我一直是在不断地死乞白赖地借钱,弄得我都不好意思在银行露面了。后来,突然之间,人们开始跑来主动借钱给我,而我并不需要!于是我就进一步盖了这所房子。我实际上是为艾米盖的。我要你见见艾米,卡尔。他跟我们大家可不一样啦!"

"怎么不一样法?"

"哦,你知道!我敢说父亲之所以离乡背井,就是为了要有艾米这样的儿子,给他们以机会。还有一点很奇怪的,艾米从外表看,跟一个美国孩子一模一样——他六月里刚从州里的大学毕业,你知道——可是骨子里他比我们哪一个都更加有瑞典人的特点。有的时候他太像父亲了,像得都使我害怕;他跟他一样感情特别炽烈。"

"他要跟你一起经营这农场吗?"

"他想做什么就让他做什么,"亚历山德拉热情地宣告,"一定得让他有充分发挥的机会;我辛辛苦苦为的就是这个。有的时候,他提到要学法律;有的时候,就是最近,他又说要到沙丘那边再搞一些地来。他也有忧愁的时候,像父亲一样。不过我希望他别去买地。我们土地总算是够多的了!"

"罗和奥斯卡怎么样?他们过得还好吧?"

"是的,很好;不过他俩很不一样。他们现在都已有了自己的农场,我和他们不常见面了。在罗结婚的时候,我们把土地平分了。他们有他们自己的做法,而且我想他们也不大喜欢我的做法。也许他们觉得我太自行其是。可是我多少年来都不得不独自考虑问题,大概也很难改变了。不过总的说来,我们还是像大多数兄弟姐妹那样互相得到一点慰藉。我特别喜欢罗的大女儿。"

"我想我更喜欢过去的罗和奥斯卡,他们对我可能也有同样的想法。甚至于——这点希望你保密——"卡尔微笑着俯身向前碰碰她的胳膊,"甚至于这个地方,我也觉得我更喜欢老样子。现在这样当然很漂亮,但是过去它像一头野兽的时候有一些气质是这些年来我做梦也想着的。现在我回到这到处流着奶和蜜的土地,不由得想起那古老的德国民歌:'你在哪里,在哪里啊,我最亲爱的故乡?'——我想知道,你有没有过这种感觉?"

"有时候有的,那是我想起父亲、母亲和那么多故去的乡亲们的时候。"亚历山德拉停了一下,若有所思地望着星空。"我们还记得现在的坟地当年是大草原,卡尔,而如今……"

"如今那古老的故事又在那边重写,"卡尔轻声说,"多怪,人的故事一共只有两三个,可是却以这样激烈的方式一再重复,好像以前从来没有发生过一样;就像这里的云雀,几千年来就唱着同样的五个音符。"

"是啊！那些年轻人，生活得那么艰苦。可我有时候羡慕他们。例如我的小邻居，就是买你们过去那块地的人。要是别人，我是决不肯把那块地卖给他的，可是那个女孩子从小我就喜欢她。你一定记得她的，就是过去常来这里的那个奥马哈的小姑娘麦丽·托维斯基。她十八岁的时候从修女院学校里逃出来结了婚，真是个疯丫头！她作为新娘，跟她丈夫和父亲一起来到这里。那个男的一无所有，老人愿意给他们买块地，好让他们安家。她迷上了你们的农场，我也很高兴有她离我这么近。我没后悔过。为了她的缘故我甚至设法同弗兰克处好。"

"弗兰克是她丈夫吗？"

"是的，他就是那种野性未驯的人。波希米亚人大多数脾气都很好，可是弗兰克老觉得我们这儿人对他估计不足，我猜。他什么都生怕人家夺走：他的农场、他的马和他美丽的妻子。大家都喜欢她，就跟她小时候一样。有时候我跟艾米一起到天主教堂去，看见麦丽站在那儿笑着跟人握手，那样兴奋、欢快，而弗兰克站在她背后沉着脸像是恨不得把每一个人都活吞下去似的,感到很滑稽。弗兰克不是个坏邻居,可是要和他处好,你就得老是围着他转,做得好像你认为他是一个很重要的人物,与众不同。我觉得一年到头都这么装着,实在太难了。"

"我想你对这类事大概是不大擅长的,亚历山德拉。"卡尔好像觉得这事很好玩。

"反正,"亚历山德拉坚定地说,"我为了麦丽尽力而为。她也够难为的了。她太年轻、太漂亮,不该过这种生活的。我们都比她老,比她行动迟缓。可是她也不是一个轻易低头的人。她可以工作一整天之后,晚上去参加一场波希米亚人的婚礼,跳一夜舞,第二天早晨又给一个粗鲁的男人赶装干草的车。我能够坚持不懈地做一件事,可是在我最好的时光也从来没有过她那股子冲劲儿。我明天一定要带你去看看她。"

卡尔把雪茄烟头轻轻扔在蓖麻丛里,叹了一口气。"是的,我想我是得去看看那老地方。对于能联想起自己当年的事物,我总是很胆怯的。就是到这里来,我也是鼓起了很大勇气的,亚历山德拉。要不是非常、非常想看见你,我是不会来的。"

亚历山德拉用她安详、审慎的眼光望着他。"你为什么这么害怕呢,卡尔?"她恳切地问道,"你为什么对自己那么不满意?"

她的客人退缩了一下。"你多直截了当啊,亚历山德拉!跟你过去一模一样。我这么快就露了真相吗?好吧,你知道,起码有一点,我的这个行业是没什么奔头的。我惟一喜爱的是木刻,可是这一行在我开始搞之前就已经过时了。如今,一切都是廉价的金属蚀刻,给难看的照片修版,硬把拙劣的画拔高,又把好画给破坏掉。我实在对这一切都腻味了。"卡尔紧蹙眉头。"亚历山德拉,从纽约来一路上我都在盘算着怎么欺骗你,好让你以为我是一个值得羡慕的家伙,可现在你看,刚到的第一个晚上就对你说真话了。我浪费了很多时间在人面前装模作样,有讽刺意义的是,我想我谁也没能骗得了。我们这样的人太多了;人家一眼就看得出来。"

卡尔停了片刻。亚历山德拉用一个迷惑的、沉思的手势把额前的头发向后捋着。"你知道,"他平静地接下去,"用你们这里的标准来衡量,我是没成气候。我连你的一块玉米地也买不起。我享受过很多东西,但是我拿不出一样可显摆的来。"

"可是你本人就显摆出来了。我宁愿要你的自由而不要我的土地。"

卡尔忧伤地摇摇头。"自由常常意味着哪里都不需要你。在这里,你是一个个别的人,有你自己的身世,你不在了,人家会想念你。可是在那些城市里有着千千万万像我这样到处滚动的石头。我们都是差不多的;我们没有任何联系,没有熟人,一无所有。我们之中有人死掉了,别人不知道该把他葬在哪里。送葬人就是我们的房东太太和隔壁点心铺的老板。我们身后留下的只有一件礼服大衣和一把提琴,或是一副画架、一架打字机,任何一种谋生用的工具。我们惟一做成功的一件事,就是付房租。在离中心比较近的地方,几平方英尺的栖身之地房租贵得可怕。我们没有自己的房子,自己的地盘,自己的人。我们在街头、公园和戏院里生活。我们坐在饭馆和音乐厅里环顾周围,看到成千上百个和我们一样的人,感到不寒而栗。"

亚历山德拉沉默不语。她坐在那里凝视着月光在牧场的池面上照出的银点。他知道她是理解他的意思的。她终于缓缓地说道:"可是我还是宁愿让艾米像你那样成长起来,也不要像他两个哥哥那样。我们也付了很高的房租,不过付的方式不一样。在这里,我们变得越来越粗笨、沉重。我们不能像你一样轻便地行动,我的思想也逐渐僵化。如果世界不比我的玉米地更广阔,如果除了这个之外就没有别的,我就会觉得没有什么值得为之操劳的了。不行,我宁愿让艾米像你一样也别像他们一样。你一来我就有这种感觉。"

"我不知道你为什么这么想?"卡尔惊讶地望着她。

"我不知道。也许我跟嘉莉·詹森一样——她是我一个长工的妹妹。她从来没有到过玉米地以外的地方,几年以前,她感到非常苦闷,说永远是同样的事情一遍又一遍地重复,她看不出这种生活有什么用处。她有一两次企图自杀,之后,家里人开始担心,就把她送到依阿华去探望亲戚。自从她去过回来之后,情绪就一直很高,说是生活在这样广大,这样有趣的世界上,她心满意足了。

她说凡是像普拉特和密苏里的大桥那样大的东西,都能使她安于生活。我也是由于知道外边世界的情况才安于自己的生活的。"

五

亚历山德拉第二天没有空去看邻居,第三天也没有。正是农忙季节,玉米地的犁地工作正在进行,连艾米也驾着一套马拉耕犁在地里干活。卡尔早晨陪着亚历山德拉在农场到处跑,下午和晚上两人有许多话说。艾米尽管有田径的训练,可是干农活并不太在行,到晚上已经累得不想谈话,连他的小号也不能练习了。

星期三早晨卡尔天不亮就爬起来,悄悄下楼走出厨房门,老艾弗正在水泵跟前履行他的盥洗仪式。卡尔向他点点头就匆匆走过沟地,穿过花园,走进过去养奶牛的牧场。

东方的曙光像是天尽头燃起一场大火。那颜色同笼罩着牧场上灰色短草的露珠相辉映。卡尔快步走去,一直走到第二个小山顶——那是柏格森家的牧场和过去他父亲的牧场的连接处。他在那里坐下来,等着太阳升起。他和亚历山德拉早先就是在这个地方一起挤牛奶的,他在自己篱笆这边,她在她家的篱笆那边。他能丝毫不差地记得她从修得短短的草地上走过来的样子:裙子用别针别起,头上什么也没戴,一手拎一只锃亮的桶,全身沐浴着乳白色的晨曦。从童年时代起,当他看见她自由自在地走来,看见她那昂起的头和安详的肩膀时,经常觉得她好像就是从晨光中走出来的。从那时起,每当看见太阳从地头或是水上升起时,他就想起那年轻的瑞典姑娘和她的牛奶桶。

卡尔坐着出神,直到太阳跃到了草原之上,他周围草地里的小动物开始给自己的乐器调音。无数鸟儿和虫儿开始啾啾、唧唧、吱吱、喳喳鸣啭起来。阳光泻满了草地;一簇簇斑鸠菊、银边翠在上面投下长长的影子。万道金光如潮涌般在拳曲的草丛间腾着细浪。

他穿过栅栏走进现在属于沙巴塔家的牧场,继续向水池走去。可是他没走多远就发现这里并不是只有他一个人。底下洼地那边有一个人手里拿着枪,小心翼翼地向前走着,那是艾米,旁边有一个少妇。他们轻轻地走着,挨得很近,卡尔知道他们是指望水池里有野鸭子。当他们走近到看得见水上的亮点时,他听见一阵拍翅膀的声音,鸭子向天空飞去。只听刺耳的枪声一响,五只鸭子落到了地上。艾米和他的伙伴高兴地笑着,艾米跑过去拣起来。他手里拎着鸭子的腿一荡一荡地走回来时,麦丽把围裙兜起,他就把它们扔在里面。她往下一看,脸色就变了。她拿起其中一只来——一团皱巴巴的羽毛,嘴里慢慢地滴着血——望着那羽毛上还很鲜艳的颜色。

她松开手让它掉下去,痛苦地喊道:"哦,艾米,你为什么要这么干呢?"

"我喜欢!"小伙子生气地叫着。"怎么啦,麦丽,是你自己叫我来的。"

"是的,是的,我知道。"她眼泪汪汪地说,"可我起先没想到。我最不愿意看到它们刚刚给打死的样子。它们刚才玩得多好啊,我们把它们的这一切都给破坏了。"

艾米苦笑了一下,"我们确实把一切都给破坏了!我以后不再跟你一块儿打猎了,你跟艾弗一样糟糕。来,让我拿吧。"他从她围裙里一把抓过野鸭。

"别这么粗暴,艾米。不过——艾弗对野生动物的看法是对的。它们太快活了,不该杀死它们的。它们刚才飞起来的时候,你能想得出来它们是怎么感觉的:是有点害怕,可是并不以为真的有什么东西会伤害它们。我们以后可别再这么干了。"

"好吧。"艾米表示同意。"我很抱歉,让你这么难过。"当他俯视她的一双泪眼时,自己的眼睛里也有一种奇异的、年轻的辛酸的神情。

卡尔望着他们缓缓地沿着沟走下去。他们根本没有看见他。他没有听到多少他们的对话,可是感觉出了其中的意义。一大早在这牧场上看见两个年轻人,使他心头升起莫名的怅惘。他决定,自己需要吃早饭了。

六

那天吃午饭的时候,亚历山德拉说下午他们真的得到沙巴塔家去了。"我三天不去看麦丽是不常有的事。她会以为我老朋友一来就把她给抛

· 啊,拓荒者! ·

弃了。"

等长工们去干活了,亚历山德拉换上一件白长衫,戴上遮阳帽,和卡尔一起穿过田野。"你看,原来的那条小路我们还保持得好好的。卡尔。感觉到这条路的尽头又有了一个朋友,真使我高兴。"

卡尔苦笑了一下,"尽管如此,我还是希望你觉得不完全跟从前一样。"

亚历山德拉惊奇地看看他。"当然不一样。她不能完全代替你——如果你是这个意思的话。我同所有的邻居都友好相处,我希望是如此。可是麦丽是一个真正的好伴儿,我能推心置腹地同她谈话。你总不希望我比这过得更寂寞吧?"

卡尔笑了,把帽子和他那一绺三角形的头发一起往后一推。"我当然不希望。这条小路居然还没有让别的朋友踏坏——那些比你的小波希米亚人有着更加迫切要求的朋友——我还应该感激呢。"他停下来,扶亚历山德拉越过篱墙。"对于我们又一起来到这里,你有没有一点儿失望的情绪?"他突然问道,"你当初是不是希望就像现在这样?"

亚历山德拉微微一笑,"只有比我想的更好。当我想到你回来时,有时有点感到害怕。你在节奏这么快的地方生活过,这里却一切都那么缓慢,而其中人是最慢的。我们的生活和年头一样,是以天气、收成和牛组成的。你从前多讨厌牛啊!"她摇摇头,自己笑了起来。

"在我们一起挤奶的时候我可一点儿也不讨厌牛。我今天早晨走到了牧场角上。我不知道我有没有可能把当时想到的一切告诉你。奇怪得很,亚历山德拉;我可以跟你推心置腹地谈天下一切事情,除了——你自己!"

"也许你怕刺伤我的感情。"亚历山德拉深思地望着他。

"不是,我是怕吓你一跳。这么长时期以来你都是通过周围那些迟钝的人看你自己的;所以如果我告诉你,我觉得你怎么样,你会吃惊的。不过你一定看得出来你让我惊讶。人家对你倾慕的时候,你一定感觉得到的。"

亚历山德拉脸红了,不好意思地笑笑说:"我感到你对我是喜欢的——如果你是这个意思的话。"

"当别人这样时,你也感觉得到吗?"他追问下去。

"嗯,有时候。在城里,银行里、县办公室里的人好像喜欢看到我。我自己想,那是因为跟外表干净、健康的人打交道比较愉快。"她说得很平淡。

卡尔给她打开沙巴塔家的门时,从喉咙里笑了一下,干巴巴地说,"是吗?"

沙巴塔家周围除了一只黄猫在厨房门口晒太阳之外,没有一点生气。

亚历山德拉走上通向果园的小路。"她常坐在那里做针线。我没有预先打电话通知她我们要来,因为我不愿意她忙着烤蛋糕、做冰淇淋。你只要给她一点点借口,她就要大摆筵席。你认得这苹果树吗,卡尔?"

林斯特伦姆看看周围。"要是我为这些树浇的每一桶水都能得一块钱就好了。可怜的爸爸,他是一个挺好说话的人,但是一到浇果园,他可真是残酷无情。"

"这是德国人让我喜欢的一个特点;就算他们别的事做不成,他们至少能让果园长好。我真高兴,现在这些树属于能从中得到安慰的人。过去我把这园子租出去的时候,那些佃农就是不好好管它,艾米和我经常亲自过来照料。现在需要刈草了。看,她在那儿,在那个犄角里。麦——丽——亚!"她喊道。

一个斜卧的身影从草丛里一跃而起,穿过明暗交织的树阴向他们跑来。

"你看她,像不像一只棕色的兔子?"亚历山德拉笑着说。

麦丽气喘吁吁地跑过来,伸开双臂抱住亚历山德拉。"咳,我都在想,你大概再也不来了,我知道你忙。是的,艾米已经告诉我林斯特伦姆先生来了。你们进屋来好吗?"

"为什么不就在你那角落里坐坐呢?卡尔想看看这果园。有好多年就是他靠自己的脊背给这些树浇水把它们养活的。"

麦丽转向卡尔。"那么,我要感谢你,林斯特伦姆先生。要不是为了这果园,我们是不会买这块地的,那样,我也就不会有亚历山德拉了。"她走在亚历山德拉旁边,轻轻捏了一下她的胳膊。"你的衣裳多好闻啊,亚历山德拉;你照我的话做了,在衣柜里放了迷迭香的叶子。"

她把他们带到果园的西北角,一边是浓密的桑树篱笆,另一边同刚刚开始发黄的麦地接壤。这一角的地略微下沉,果园别处高地上让杂草挤掉的饲料草在这里长得十分茂盛。火红的野玫瑰在藩篱边的草丛中怒放。一棵白桑树下有一辆旧马车的座位,旁边放着一本书,一只针线篮。

"你一定得坐到车里去,亚历山德拉,草要把你的衣服染脏的。"女主人坚持着。她自己倒在亚历山德拉身旁的草地上,把脚伸到她的脚下面。卡尔在离开她们一点的地方坐下,背靠着麦地,端详着这两个女人。亚历山德拉摘下帽子扔在地上,麦丽拣起来玩弄着帽子上的白丝带,一边说话一边把它在手指头上绕着。她们在强烈的阳光下构成一幅美丽的图画,周围树叶织成的图案像一张网;那瑞典女人是一片雪白加金黄色,和蔼可亲,怡然自得,而又端庄凝重;那机灵的棕色女郎,丰满的嘴唇微微张着,在说说笑笑时,眼睛里点点黄色的闪光跳动着。卡尔从来没有忘记过小麦丽·托维斯基的眼睛,他发现那棕色的瞳子上有着奇异的黄色条纹,那是向日葵蜜或是古老的琥珀的颜色。每一只眼睛里的黄色条纹中总有一道比其他的条纹宽一些,其效果就是两点跳动着的光,两个小黄泡泡,就像香槟酒杯里浮起的泡泡,有时候又像打铁迸出的火花。她好像非常容易兴奋,只要轻轻一吹就燃起一股小而炽烈的火焰。"多浪费啊,"卡尔暗自想到,"这一切,她本来都应该奉献给她的心上人,事情总是那么不顺当!"

没多久,麦丽又从草里跳了起来。"等一等,我给你们看样东西。"她跑开去,消失在矮苹果树后。

"多可爱的小东西,"卡尔喃喃地说道,"难怪她丈夫生怕人家抢了去。可是她不会好好走吗?她总是这样奔跑吗?"

亚历山德拉点点头,"总是这样。我见的人不多,不过我想随便什么地方像她这样的人也少有。"

麦丽回来手里拿了一枝从一棵杏树上折下来的树枝,上面结满了浅黄里透粉红的果子。她把树枝扔在卡尔跟前,"这也是你种的吗?这树真美!"

卡尔用手指摸摸那青绿色的叶子,形状像白

桦树叶,和吸墨纸一样渗水,挂在像涂了蜡一样光滑的红色叶梗上。"我想是我种的。这是那马戏树吗,亚历山德拉?"

"我讲给她听好吗?"亚历山德拉问道。"乖乖坐下来,麦丽,别把我的帽子弄坏了,我给你讲个故事。很久以前,那时卡尔和我大概是一个十二,一个十六岁,有一个马戏班来到了汉努威;我们就坐着马车同罗和奥斯卡一道进城去看马戏班转街。我们没钱买票看马戏。我们跟着队伍走到了演出的场地,一直恋恋不舍地待在那儿,直到表演开始,观众都走进了帐篷。罗怕我们在帐篷外面牧场上这样站着太傻气了,于是我们就回到汉努威去,心里非常难过。街上有一个人卖杏子,我们从来没见过杏子。他是从法国村庄那边赶车下来的,卖二十五分一配克①。我们身上有一点儿父亲给我们买糖的钱。于是我买了两配克,卡尔买了一配克。这些杏子给我们解了很多愁闷。我们把核都留下来种了下去。直到卡尔离去的时候,还一直没结过果。"

---

① 一配克等于八夸脱,即两磅。

"现在,他回来吃果子了!"麦丽叫起来,向卡尔这边点点头。"这真是一个好故事。我还能记起一点儿你来,林斯特伦姆先生。过去乔叔叔带我进城的时候我常在汉努威看见你。我还记得你,因为你总是在杂货店里买铅笔和一管一管的油彩。有一次,我叔叔把我留在店里,你在一张包装纸上给我画了好多小鸟和花。那时我觉得你很罗曼蒂克,因为你会画画,而且你的眼睛那么黑。"

卡尔微微笑着。"是的,我记得那个时候,你叔叔给你买了一个机器玩具,一个土耳其大娘,坐在矮凳上吸水烟筒,是吧?她的头还来回转动着。"

"是啊!她多漂亮啊!我本来是懂得我不该告诉他我想要的,他刚从酒馆里回来,情绪很好。你记得他怎么大笑来着?那玩意儿也逗他高兴。可是我们一回家,婶婶就骂他,说她需要那么多东西都没买,还买玩具。我们每天晚上都给她上弦,当她头开始转起来时,婶婶也笑得和我们一样厉害。你知道吗,那是一个八音盒,那个土耳其大娘吸烟时就吹出一支调子。因为这,才让人那么高兴。我记得她很可爱,缠头巾上有一轮月牙儿。"

半小时以后,卡尔和亚历山德拉离开那家,在路上碰到一个穿蓝衬衫、工装裤的魁梧的男人。他喘着粗气,好像刚跑过,嘴里嘟嘟囔囔地自言自语。

麦丽跑过去拉着他的胳膊,轻轻往客人那边一推。"弗兰克,这是林斯特伦姆先生。"

弗兰克摘下他的宽边草帽,向亚历山德拉点点头。他同卡尔说话时露出一排很好看的白牙。他一直到脖梗都晒成暗红色,脸上留着三天没刮的短髭。即使是在激动之中,他也很漂亮,不过也看得出他是一个脾气暴躁的人。

他勉强跟客人打个招呼,立刻转身向他妻子怒不可遏地说:"我刚才不得不下车去把希勒老太婆的猪赶出我的麦地。要是她再不留神,我一定要把那个老太婆揪到法院去,你看着吧!"

他的妻子对他好言相慰:"可是,弗兰克,她只有一个瘸儿子帮她忙,她已经尽了她的力量了。"

亚历山德拉看他这么激动,提出一个解决办法。"你哪天抽一个下午到她那儿去给她把篱笆扎得密一点,不让猪跑出来,怎么样?到头来你还是为自己节省了时间。"

弗兰克把脖子一挺。"我才不呢。我是把猪关在家里的,那别人也该能做到。知道吗?那个路易斯既然会修鞋,就也该会修篱笆。"

"也许是这样,"亚历山德拉心平气和地说,"不过我发现有时候帮别人修篱笆是会得到报答的。再见,麦丽,早点过来看我啊!"

亚历山德拉稳步向小路走去,卡尔跟在后面。

弗兰克走进屋里,一头倒在沙发上,脸朝墙,紧握的拳头放在胯上。麦丽送走客人之后走进来,把手放到他肩上哄着他。

"可怜的弗兰克,你一定使劲地跑来着,跑得头都疼了,是吧?我给你煮点咖啡吧。"

"我还能怎么着呢?"他火冒三丈,用波希米亚话叫着,"要我让随便哪个老太婆的猪把我的麦子都连根拱掉吗?我累死累活就为这个吗?"

"别着急,弗兰克,我再去跟希勒太太说说。不过,真的,上次猪跑出来时她差点哭了。她是真的很过意不去。"

弗兰克霍地翻过身来。"又来了,你总是站在他们一边儿反对我。这里的人谁都毫无顾虑地借我的刈草机,然后把它弄坏,谁都可以把猪赶到我地里来,他们知道你不在乎!"

麦丽急忙走开去给他煮咖啡。等她回来时,他已经睡着了。她坐下来对着他看了很长时间,心事重重。当厨房的钟响了六下时,她去准备晚饭,轻轻把门带上。每当弗兰克让自己陷入这样的盛怒之中时,她总是为他感到难过,看他对邻居们粗暴无礼、动不动就吵架,她也难过。她完全知道邻居们和他相处所受的委屈,也知道只是为了她的缘故他们才容忍弗兰克的。

七

麦丽的父亲阿尔伯特·托维斯基是在七十年代初期到西部来的比较聪明的波希米亚人之一。他在奥马哈定居下来,成为他的乡亲们的领袖和顾问。麦丽是他第二个妻子生的最小的女儿,是他的掌上明珠。她刚刚十六岁,上奥马哈中学毕业班时,弗兰克·沙巴塔从老家来到那里,弄得女孩子们都为之神魂颠倒。他很快就成为啤酒晚会上的美男子。每逢星期日,他头戴缎帽,衬衫塞在裤子里,穿一件蓝外套,戴着手套,手里拿一根黄藤条,确实引人注目。他高个子,白皮肤,一口漂亮的牙齿,黄色的鬈发剪得短短的,脸上总是挂着一丝傲视一切的表情,这很合乎一个出身上层的人的身分,因为他母亲在埃尔布山谷有一个大农场。他的一双蓝眼睛总带着一种很有意思的惘然若失的神情,每一个他接触过的波希米亚姑娘都以为这是为了自己。他掏手帕有一种特别的姿态——从胸前的衣袋里拈起那麻纱手帕的一角,慢慢地往外抽,简直是无限怅惘,罗曼蒂克到了极点。他对每一个比较合格的波希米亚姑娘都略献殷勤,但是只有在跟小麦丽·托维斯基在一起时,他的手帕抽得最慢,点着一支雪茄烟之后扔火柴的神情最为无可奈何。谁都一眼看得出来,他那颗骄傲的心在为一个人而破碎。

夏末的一个星期天,麦丽从学校毕业以后,在一次波希米亚河上野餐会上遇见了弗兰克,同他一起划了整整一下午的船。那天晚上回家之后,她径直跑到她父亲屋子里,告诉他,她已经同沙巴塔订婚了。老托维斯基正在舒舒服服地吸着他上

· 啊,拓荒者! ·

床以前的那袋烟斗。当他听了女儿这一宣布之后,先是小心翼翼地开了一瓶啤酒,然后跳起来大发雷霆。他用一个波希米亚字眼儿形容弗兰克·沙巴塔,意思相当于装腔作势的讨厌鬼。

"他为什么不像我们其他人一样去工作呢?他的农场在埃尔布山谷,真的!他是有很多兄弟姐妹吗?那是他母亲的农场,他为什么不留在家里帮她忙?我难道没看见他母亲清早五点钟出来,推着放着大桶和长勺的手推车,给白菜浇稀粪?我难道不知道老爱娃·沙巴塔的手是什么样的?简直像老马掌子!——而这个家伙还戴手套,戴戒指!订婚了,亏你说得出!你根本就不该出学校门,问题就在这儿。我要把你送到圣路易的'圣心'修女院那儿去,我想她们会教你懂点儿事的!"

就这样,紧接着下星期,阿尔伯特·托维斯基领着脸色苍白、眼泪汪汪的女儿沿河而下,到修女院去了。可是弗兰克这个人,你要是想让他要一样东西,最好的办法就是告诉他说他得不到它。他想办法在麦丽走之前同她谈了一次话。在这以前他还只是半真半假地爱着她,现在他确信自己将为她冲破一切障碍。麦丽把整整一打弗兰克的照片放在箱子的帆布里子夹缝中带到了修女院去。那是弗兰克一上午的精心杰作,照出种种为相思所苦的神态。有一张小圆照片是专门给她放在怀表里的;有挂在墙上的;还有放在梳妆台上的;甚至还有狭长条形作书签用的。这个漂亮小伙子不止一次被怒气冲冲的修女在法文课堂上撕个粉碎。

麦丽在修女院里日益憔悴地度过了一年,直到她过了十八岁的生日。然后她同弗兰克·沙巴塔在圣路易的联合火车站会面,跟他跑掉了。老托维斯基原谅了他的女儿——因为除此也别无他法——给她在她幼时特别喜爱的地方买了一块地。从那以后,她的故事就成为"分界线"的历史的一部分了。当卡尔·林斯特伦在拖延了很久之后终于来探望亚历山德拉时,她和弗兰克已经在那里住了五年。弗兰克总的说来比人们预期的表现要好一些。他把他全副野性未驯的精力扑到了土地上。他一年一度到黑斯丁或奥马哈去狂欢一阵,大约一两星期不回来,然后回到家里像魔鬼一样地干活。他确实是干活的,如果他心里难过,那是他自己的事。

八

亚历山德拉到沙巴塔家串门的当天晚上下起了连绵大雨。弗兰克坐着看报看得很晚。古尔德家有一个人正在闹离婚,弗兰克把这看作是对他个人的侮辱。报纸编辑很熟悉内情,在报导这个年轻人的婚姻纠纷时相当绘声绘色地描述了他的职业、收入多少以及据说是怎么花掉的。弗兰克读英文读得很慢,这桩离婚案件他越读越生气,最后咆哮一声把报纸扔在地上。他转向正在看另一半报纸的长工们。

"天哪!如果这家伙让我在草地里碰上一次,我要给他点儿颜色看看。你们听,他是怎么花钱的。"于是弗兰克开始朗读那年轻人以穷奢极侈出名的花销单子。

麦丽叹了一口气,她觉得自己对古尔德一家从来总是希望他们好的,而他们却给她带来这么多烦恼,实在太难了。她真不愿意让星期日版送到家里来,弗兰克总是爱读那些有钱人的所作所为,然后又大发其火。他肚里存着取之不尽的故事,专讲他们的罪恶和蠢事:他们怎样贿赂法庭,怎样任意枪杀自己的管家。弗兰克和罗·柏格森政见相似,是县里的宣传鼓动家。

　　第二天一破晓就是晴光潋滟,但是弗兰克偏说地太湿不能犁地,驾着车到圣·爱格尼斯那边去了,在摩西·马赛家的客厅里过了一天。他走后,麦丽到后廊下做起黄油来。开始起风了,朵朵白云驶过天空。果园在阳光下摇曳、闪光。麦丽一只手放在搅拌器的盖子上,怀着朦胧的渴求向果园那边望着。这时,她听得一阵震耳的铃声,还有镰刀在磨刀石上的欢快的声音。这一召唤使她下了决心。她跑进屋里,穿上一条短裙和一双她丈夫的靴子,抓起一个锡桶,向果园跑去。艾米已经开始工作,正在起劲地刈草。他看见她来了,就停下来擦擦额头。他的黄色帆布护腿和咔叽布裤子都溅湿到了膝盖。

　　"别让我打搅你,艾米。我来摘樱桃。雨后一切多美啊,是不?哦,可是我真高兴这儿的草能给修剪一下!我夜里听见下雨就想着也许今天你会来给我搞的。风声把我吵醒了,刮得多厉害啊,是不？你闻闻这野玫瑰香！每当下雨之后，香味总是这么浓。我们这儿过去从来没有过这么多玫瑰花，我想现在是由于雨多的缘故。你也非得把它们锄掉吗？"

"我要是把草锄掉，就也得把它们锄掉。"艾米逗着她说。"你怎么啦，为什么那么毛毛躁躁的样子？"

"我是显得毛躁吗？那我想也还是由于雨季的缘故。看万物生长得这么快真让人兴奋——还有草也有人锄了！劳驾把玫瑰留到最后，如果你一定要锄掉的话。哦，我不是说所有的都这么办，我是指我那棵树下的低地，那上面长了这么多。看你溅的这一身！看草上全是蜘蛛网。再见。我要是看见蛇就叫你。"

她轻快地跑开去了。艾米站在那里望着她的后影。不一会儿，他听见樱桃痛痛快快地落进桶里的声音，于是又开始挥动他的镰刀。他那长距离的、均匀的挥镰手法，是很少美国小伙子能学会的。麦丽一边摘樱桃，一边轻轻地哼着歌，把一根根闪亮的树枝都摘得光光的，有时一阵雨珠滴到她的脖子和头发上，使她打一个寒噤。艾米则慢慢地向樱桃树那边锄去。

那年夏天雨水特别充足,特别及时,沙巴塔和他的长工们收玉米都收不过来,所以顾不上果园,全给荒了。各种杂草和野花丛生;点点飞燕草,淡绿和白色相间的一穗穗夏至草,谷子和野麦杂错而生。杏树的南边是弗兰克种的苜蓿草,那里总是有无数白的和黄的蝴蝶在一片紫色的花上翩翩起舞。当艾米到达藩篱边的低洼的角落时,麦丽正坐在她的白桑树下,身旁放着一桶樱桃,眺望着那柔和的、永不疲倦的麦浪。

"艾米,"她突然说道——他在树下悄悄地锄着,以免打扰她,"老早以前,在瑞典人成为基督教徒之前,他们信什么教?"

艾米停下来直直腰。"我不知道,我想大概跟德国人差不多,是吗?"

麦丽好像没有听见,接着说道,"你知道,波希米亚人在传教士来之前是信拜树教的。父亲说山里人到现在有时候还做一些怪事——他们相信树可以给他们带来祸、福。"

艾米表现出一种优越感,"是吗?好吧,我倒想知道哪些树是带来福气的?"

"我不知道,但是我知道菩提树是一种。山里的老人种菩提树来净化树林,用来驱散据说是从异教徒时代留下来的老树身上的魔法。我是一个好天主教徒,不过我想如果我什么别的也没有的话,好好照顾树木,我还是能过得下去的。"

"这话说得太可怜了。"艾米说,一面俯下身去在湿草里擦擦手。

"为什么?我就是这样想的嘛!我喜欢树木,因为我觉得它们比别的东西都更能随遇而安,必须怎样生活就怎样生活下去。我觉得这棵树似乎知道我坐在这里所想的一切事。每当我回来的时候,从来不需要提醒它任何事;我就从原来打断的地方接着想下去。"

艾米对此无话可说。他伸手到树枝间开始摘那甜的、淡的果子——长圆的、象牙色的果子,顶端有一点粉红色,像白珊瑚一样,落在地上一整夏天都没人理。他扔了一把在她怀里。

"你喜欢林斯特伦姆先生吗?"麦丽忽然问道。

"喜欢,你呢?"

"哦,可喜欢啦;只是他有点太严肃了,像学校老师似的。不过,当然,他比弗兰克年纪还大呢。我决不愿意活过六十岁,你呢?你觉得亚历山德拉非常喜欢他吗?"

"我想是的,他们是老朋友了。"

"哦,艾米,你知道我是什么意思!"麦丽不耐烦地甩了一下脑袋。"她是不是真心关怀他?每当她向我讲到他的时候,我常常想她大概有点爱上他了。"

"谁,亚历山德拉吗?"艾米大笑起来,两只手插进裤袋。"亚历山德拉从来没有恋爱过,你疯了!"他又笑了起来。"她不知道怎么谈恋爱的。亏你想得出来。"

麦丽耸耸肩膀。"哼,你自以为很了解亚历山德拉,其实并不见得!你如果有眼力的话,你会发现她是很喜欢他的。要是她跟卡尔跑了,你们才叫活该呢。我喜欢他,因为他比你更能懂得亚历山德拉的好处。"

艾米皱起了眉头。"你说的是什么话,麦丽?亚历山德拉挺好的。她跟我一直是好朋友。你还要怎么样呢?我要跟卡尔谈谈纽约,问问他一个人在纽约能做些什么。"

"哦,艾米!你可不是想离开这儿到那儿去吧?"

"为什么不?我总得到一个地方去,不是吗?"年轻人把镰刀竖起来,倚在上面。"你难道宁可我到那沙包地里像艾弗一样生活吗?"

麦丽在他俯视的眼光下低下头去。她望着他潮湿的护腿咕哝着说:"我想亚历山德拉一定希望你在这里留下来。"

"那么,亚历山德拉会失望的。"小伙子粗鲁地说。"我赖在这儿干什么?亚历山德拉没有我也会把这农场经营得很好。我不愿意站在那儿袖手旁观。我要做一番我自己的事。"

"是这样的。"麦丽叹了一口气。"你有那么多、那么多事情可做。你几乎想做什么就可以做什么。"

"还有那么多、那么多我不能做的事。"艾米用讥讽的语调响应着她的话。"有时候我什么事也不想做,有时候我又想把'分界线'四角都叠在一起,"他伸出双臂,又猛地缩回来,"这样,像叠一块台布。我看着人和马来回、来回走,都看腻了。"

麦丽抬头看见他挑战的表情,脸色阴沉下来。"我希望你不要这样急躁,也别对事情那么激动。"她悲伤地说。

"谢谢。"他生硬地回她一句。

她沮丧地叹口气。"我随便说什么都惹你生气,是不?可你过去从来不爱跟我生气的。"

艾米向前走近一步,拧紧眉毛看着她低下的头。他是以一种自卫的姿态站着,两脚分开,两手捏紧拳头放在两旁,裸露的胳膊上青筋都暴起了。"我不能再像小孩子一样陪你玩儿了,"他慢慢地说,"这是你所留恋的,麦丽。你得另外找个小男孩来陪你玩了。"他打住,深深吸了一口气,然后用低沉的声音接下去说,感情强烈得几乎有点威胁性:"有时候你好像完全懂得,有时候你又假装不懂。假装是无济于事的。就在这种时候我才想把'分界线'的四角都揪到一块儿。如果你一定不肯懂,你知道,我会让你懂得的!"

麦丽双手合拢,从座位上跳起来。她脸色苍白,眼睛里闪着激动和痛苦的光芒。"可是,艾米,如果我懂了,那我们的一切好时光就都完了,我们就再也不能在一起做美好的事了。我们的举止就得像林斯特伦姆先生一样了。而且,反正,本来没有什么可懂得的!"她用她的小脚使劲跺着地。"这是不会持久的。它会消失,然后一切照旧。我希望你是天主教徒。教会能帮助人,真的能。我为你祈祷,但是总不如你自己祈祷。"

她说得很快,语气中带着恳求,以祈求的眼光看着他的脸。艾米桀骜不驯地站在那儿,凝视着她。

"我不能为得到我想要的东西而祈祷,"他慢吞吞地说,"但是我也决不去为不得到它而祈祷,就是罚我下地狱也不干。"

麦丽转过身去,拧着两只手,"哦,艾米,你不要这样!那我们一切好时光就都完了。"

"是的,完了。我本来没指望再继续下去。"

艾米抓起镰刀把割起草来。麦丽提起樱桃桶慢慢地走回屋去,一路伤心地哭着。

九

卡尔·林斯特伦姆到来一个月之后的星期日下午,和艾米一起骑马到法国村庄去参加一个天主教的义卖会。他一下午大部分时间都坐在举行义卖会的教堂地下室和麦丽·沙巴塔聊天,或是在地下室门口通向小山的沙砾地上散步,法国男孩子们在那儿跳跃、摔跤、扔碟子玩。有几个男孩子穿着白色垒球运动服;他们刚在下面球场上练完星期日的球。那新婚的阿梅代——艾米最要好的朋友——是投球手,他投球的速度和技巧是全村有名的。阿梅代是小个子,比艾米小一岁,看上去要稚气得多,他动作灵活机动,干净利落,光洁的皮肤,棕里透白,还有一副白得发亮的牙齿。圣爱格尼斯的小伙子们两星期以后将要同黑斯丁九队比赛,阿梅代闪电一般的投球是全队的希望。这小个子法国人好像在球出手的一刹那间把全身每一分力气都送到球上了。

"你要是在大学里的话,一定是校队的投球手,梅代①,"艾米同他从球场走回山上的教堂时说道,"你投球比春天时投得更好了。"

阿梅代咧嘴笑了,"那肯定,一个结过婚的人不会再昏头昏脑了。"他赶上艾米的步伐,在他背

---

① 阿梅代的昵称。

上拍了一下。"嘿,艾米,你快结婚吧!那是一辈子最大的乐事!"

艾米笑笑,"没有姑娘我怎么结婚啊?"

阿梅代挽起他的胳膊,"咳!好多姑娘都愿意要你。你该要一个漂亮的法国姑娘,她会待你好的,总是高高兴兴的。你看,"他开始扳着手指算起来,"塞维琳、阿尔丰桑、约瑟芬、爱克多琳、路易丝,还有马尔维纳——真是,哪一个都能让人爱上的!你为什么不去追她们呢?你是太自命不凡了呢,还是有什么问题,艾米?我还没见过一个小伙子到了二十二岁还没有过一个女朋友的。你也许要当神父吧?我可不干!"阿梅代得意洋洋地说,"我希望给这世界上生出许多好的天主教徒来,这就是我帮助教会的方式。"

艾米垂下眼睛,拍拍他的肩膀。"行了,你又吹起来了,梅代。你们法国人就爱吹牛。"

可是阿梅代正当新婚的热头上,不会轻易给顶回去。"说真话,艾米,你真的什么姑娘也不要吗?也许在林肯地方有一位什么贵妇人,非常了不起,"阿梅代把手在面前懒洋洋地挥动着,学着那位无情的美人摇扇子的样子,"于是你的心丢在那儿了。是吗?"

"也许。"艾米说。

但是阿梅代看他朋友脸上并没有发出应有的光彩。"咳!"他扫兴地叫道,"我让所有的法国姑娘都躲你远远的。你这里头是块石头。"他用大拇指捅了一下艾米的肋骨。

当他们来到教堂旁边的斜坡上时,阿梅代球场得意的劲头还很足,向艾米挑战,要跟他比赛跳高,虽然他知道准会失败的。他们各自系紧腰带,由劳尔·马赛——唱诗班的男高音,杜什涅神父的宠儿——和让·包德洛给他们拉着绳子。所有的法国青年小伙子都站在周围做啦啦队,当艾米或阿梅代跳过绳子的时候他们都跟着把背弓起,好像是帮忙给抬过去似的。艾米跳到五尺五高就不跳了,说是再跳就要损害他晚饭的食欲了。

阿梅代的漂亮的新娘安琪莉克——她金发白肤,跟她的名字很相称——出来看了比赛,向艾米甩一下脑袋说:

"梅代要跟你一样高就会比你跳得高。不管怎么样他比你姿势优美。他像小鸟一样飞过去,而你整个人都弓起来了。"

"噢,我是这样,是吗?"艾米抓住她,对准她那张不饶人的小嘴亲着,她一面笑着挣扎,一面喊:"梅代,梅代!"

"你看,你那梅代连把你从我这儿救出来都不够格儿。我现在就可以带你跑掉,他只好坐在那儿哭。我要叫你看看我需要不需要弓起背来!"他一边笑着、喘着气,抱起安琪莉克沿着长方形的场地跑起来,直到他看见麦丽·沙巴塔那一对虎样的眼睛在地下室门口的暗处闪闪发光,才把那披头散发的新娘交给她的丈夫。"现在到你那个好人儿那里去吧;我可不忍心把你从他那儿抢走。"

安琪莉克紧紧依偎着她的丈夫,从他穿着白色球衫的肩头向艾米做鬼脸。艾米对她那副当家做主的样子以及阿梅代毫无愧色地甘心服从,感到很有趣。他为他朋友的幸福感到高兴。他喜欢看到,并且想到阿梅代的明朗、自然而幸福的爱情。

他跟阿梅代从十二岁起就在一起骑马、摔跤、嬉耍。星期日和假日,他们总是手挽着手度过。而现在,阿梅代这样引以为自豪的感情他却需要隐藏起来；给这一个带来如许幸福的东西，给另一个却带来如许绝望，这真有点奇怪。他想，亚历山德拉春天试验玉米种子时的情况和这相似：并排生长的两棵穗子，有一棵上面的种子就快快活活地朝着阳光生长，伸向未来，而另一棵的种子却留在地里，腐烂下去，谁也不知道为什么。

十

当艾米和卡尔在集市玩耍时，亚历山德拉在家里忙着清理她最近以来忽视了的账本。她快要算完那些数字时，听得门口马车响，就向窗外望了望，看见她两个弟弟。自从一个月之前卡尔·林斯特伦到来之后，他们好像有意回避她，她赶忙到门口去欢迎他们。她一眼就看出，他们是有目的而来的。他们僵硬地跟着她到起居室。奥斯卡坐下来，可是罗走到窗口，背着手，一直站着。

"你是一个人在家吗？"他问道，通过门口一直望到客厅。

"是的。卡尔和艾米到天主教义卖会上去了。"

停了一阵子,两个男人谁也不开口。

然后,罗尖锐地提出来:"他准备待多久才离开这儿?"

"我不知道,罗。我希望他待一阵子再走。"亚历山德拉平静、安详的语调常常使两个弟弟发火。他们感到她在表示比他们优越。

奥斯卡严厉地说:"我们觉得应该告诉你,人家已经开始说闲话了。"他一副意味深长的样子。

亚历山德拉看着他:"什么闲话?"

奥斯卡毫无表情地迎着她的目光:"关于你的。你把他留了这么长时间。他这样赖在一个女人身边很不像样。人家认为你上了他的当。"

亚历山德拉坚定地把账本一关,严肃地说:"小伙子,我们最好别这么谈下去,这是不会有什么结果的。在这样的事情上我不能听取任何人的意见。我知道你们是好意,不过在这样的事情上你们不应该自以为要为我负责。我们这样谈下去只能伤感情。"

罗从窗口冲过来。"你得考虑一下你的家族。你正在让我们大家招人笑话。"

"怎么了?"

"人家已经在说你想要跟这家伙结婚。"

"好吧,那又有什么好笑话的呢?"

罗和奥斯卡怒不可遏地互相看了一眼。"亚历山德拉!难道你看不出来他不过是个无业游民,是想要你的钱?他想得到照顾,他想得倒好!"

"好吧,要是我愿意照顾他呢?除了我自己之外,这和别人有什么相干呢?"

"你不知道他要把你的财产弄到手吗?"

"我愿意给他的话他当然就可以弄到手。"

奥斯卡突然坐直起来,罗揪着他刷子一般的头发。

"给他?"罗喊道。"我们的财产,我们的宅地?"

"我不知道宅地怎么样,"亚历山德拉平静地说,"我知道你和奥斯卡一直指望把它留给你们的孩子,我只能肯定你们对的那部分,但是我的土地的其余部分,我要完全随我的意愿来处理,孩子们。"

"你的土地的其余部分!"罗喊起来,越来越激动。"所有的土地不都是从宅地来的吗?那些地都是用宅地作抵押借来的钱买的。奥斯卡和我为了付利息拼了命地干活儿。"

"是的,你们付了利息。可是在你们结婚的时候我们分了地,你们当时也是满意的。自从我一个人过以来,我从农场赚到的比我们在一起的时候要多得多。"

"你所赚得的一切都是从原来的土地上来的,我们两个为此付出了劳动,不是吗?这些农场和一切来自农场的东西都是属于我们全家的。"

亚历山德拉不耐烦地挥了挥手。"行了,罗。要尊重事实。你是在胡说。到县政府去问问谁是我的地的主人,我的地产文书是不是有效。"

罗转向他的哥哥。"让女人干预正事的结果就是这样,"他恨恨然说,"我们早就该自己把事情管起来了。可是她喜欢管事儿,我们也就哄着她高兴。我们当时以为你是头脑清醒的,亚历山德拉。我们从来没想过你会干蠢事。"

亚历山德拉不耐烦地用手指节敲着桌子。"别说这种没边儿的话。你说你们早就该亲自把事情管起来。我想你是指的你离开家之前。可是当时还没有的东西你怎么管起来?我现在所拥有的大部分都是我们分家以后才置起来的。我自己立起了家业,这与你们无关。"

奥斯卡庄严地发言:"一个家庭的财产实际上是属于这一家的男人的,不管证书上怎么说。如果出了什么问题,是要由男人来负责的。"

"当然是啰,"罗插进来,"这是人人都知道的。奥斯卡和我一直都很好说话,从来没有瞎吵吵过。我们愿意让你拥有这土地,并从中得到好处,可是你没有权利把其中任何一部分出手。我们曾经在地里干活,付你最初的买地钱,以后从那里生出来任何财产都应该留给全家。"

奥斯卡为他的弟弟帮腔,一门心思就在他能看到的那一点上做文章。"一家的财产属于那家的男人,因为他们是要负责的,因为工作是他们做的。"

亚历山德拉轮番看着他们两个,眼睛里充满了愤怒。她先是不耐烦,现在可真生气了。"那我的工作呢?"她声音有点发抖。

罗眼望着地毯。"哦,亚历山德拉,你总是很悠闲的!当然,也是我们要你这样的。你喜欢干点经营管理的事,我们也哄着你高兴。我们知道你对我们有很大的帮助。附近还没有一个女人像你那样懂得这么多生意经,我们总是为你自豪,认为你很聪明。可是,当然,真正的工作总是落到我们头上。出点好主意当然很好,可是不会让玉米地里的野草自动消失。"

"也许不会,可是好主意有的时候能带来好收成,有的时候能保住土地,好让玉米在上面生长。"亚历山德拉冷冷地说。"罗,我还记得你和奥斯卡想要把全部宅地连同上面的一切建筑两千块钱卖给老传教士爱里克逊。如果当时我同意了,你们早已到河下游去,今后一辈子就在那贫瘠的土地上挣扎谋生了。我种第一块苜蓿地的时候,你们都反对我,就因为我开头是从一个上过大学的年轻人那里听来的。当时你们也说我上当了,所有的邻居也那么说。你知道得跟我一样清楚,是苜蓿拯救了我们这个村子。当我说我们这儿的地已经有条件种麦子的时候,你们都笑我,我麦子连续丰收三年之后,邻居们才肯改变把全部土地都种玉米的做法。哈,我还记得,罗,当我第一次大规模种麦子的时候你还哭来着,说大家都在笑话我们。"

罗向奥斯卡说,"这就是女人;如果她叫你种一样庄稼,她就以为是她自己种的。女人一干预正事就会自满起来。我想你不愿我们提醒你,你那时对我们多严酷,而你对艾米那么宠爱。"

"对你们严酷?我从来没有故意要严酷。那时的条件就是这么严酷。也许我这个人不管怎么样也不会太温柔;不过我变成那样一个女孩子,肯定不是我自己选择的。就是拿一条常春藤来,一遍一遍地砍断,它也会变硬的,像一棵树一样。"

罗觉得他们离题太远了,照这样扯开去亚历山德拉会使他们气馁下去的。他用手绢擦一下额头。"我们从来没有怀疑过你,亚历山德拉。我们从来没有对你所做的一切发出过疑问。你总是想怎么做就怎么做。但是我们不能像木桩子一样,坐在那儿眼看着你让随便一个碰巧走到这里的流浪汉把财产都骗走,让自己在这场交易里成为笑柄。"

奥斯卡站起来插话:"是的,人家看你正在上当受骗都在笑话你;而且你这么大年纪了。谁都知道他差不多比你小五岁,他看上的就是你的钱。唉,亚历山德拉,你已经是四十岁的人了!"

· 啊,拓荒者! ·

"这一切跟任何人都不相干,完全是卡尔和我自己的事。你们到城里去问问你们的律师,你们能怎么样限制我处理我自己的财产。我劝你们按他们告诉你们的去做;因为从今以后你们只有行使法律的权威才会对我产生影响。"亚历山德拉站起身来。"早知到头来得到的是这个,我还不如别活到今天。"她平静地说完,关上了书桌抽屉。

罗和奥斯卡用询问的眼光互相看看,好像除了走之外也没有什么事好做了,于是他们就走了出去。

"跟女人是没法谈正事的,"奥斯卡爬进车里时粗声粗气地说。"不过,不管怎么样,我们终于讲了我们的意见。"

罗抓抓脑袋。"这样的谈话可能太厉害了,你知道;不过她是会理智起来的。可是你不该提到她的年纪,奥斯卡。我怕这会伤她的感情;要弄得她真的对我们怨恨在心,那就再糟不过了,她可能就为反对我们,偏跟他结婚。"

"我只是想说,"奥斯卡说,"她这么大年纪该懂得好歹了,她也的确是这样。如果她想结婚,早就该结,不要弄到现在让人当傻瓜。"

罗看来还是放心不下。"当然啦,"他怀着希望,自相矛盾地想到,"亚历山德拉跟一般女人不一样。也许她不会怨恨我们。也许她还宁愿已经四十岁!"

十一

那天晚上七点半左右艾米回到家里。老艾弗在磨房迎他,接过马。小伙子直接走进屋里,叫唤他姐姐。她在起居室后面的卧房里答应他,说她已经躺下了。

艾米走到她房门口。

"我能跟你谈几分钟吗?"他问道。"我要在卡尔来之前跟你谈点事情。"

亚历山德拉赶忙爬起来走到门口。"卡尔在哪儿?"

"罗和奥斯卡碰上了我们,他们说要和他谈谈,于是他就骑着马跟他们一起到奥斯卡家去了。你出来吗?"艾米等不及地问道。

"你先坐会儿,我马上就穿好衣服。"

· 啊,拓荒者! ·

亚历山德拉关上房门,艾米倒在那把旧条木躺椅里,两只手捧着头。他姐姐出来的时候,他抬起头来,也不知道等的时间是长还是短,没想到屋子已经很暗了。这样更好;没有那清澈、审慎的眼光凝视着他,他可以谈得更自在一些。那眼光在有些方面看得那么清楚,在有些方面却又是那样盲目。亚历山德拉也欢迎这昏暗的光线,她的眼已经哭肿了。

艾米霍地站起来,然后又坐下。"亚历山德拉,"他用他那年轻的深沉的男中音缓缓说道,"我今年秋天不想去上法学院。让我再推迟一年。我想休假一年,到处看看。匆匆忙忙进入一项你不喜欢的职业是很容易的,要出来可就难了。林斯特伦姆和我谈过这问题。"

"很好,艾米。只是不要去找土地。"她走过来扶着他的肩头。"我本来希望你能跟我一起过冬的。"

"这恰恰是我所不愿意的,亚历山德拉。我这个人坐不住。我要到新地方去。我要到墨西哥城去找一个大学同学,他是那儿一家发电厂的头头。他给我写信说能给我找个小事情,足够付我的路费,然后我可以到处看看想做什么。我想等秋收一完就走。我猜罗和奥斯卡一定会大为恼火。"

"我想他们会的。"亚历山德拉在他身旁的躺椅上坐下。"他们对我很生气。艾米。我们吵了一架。他们不会再来了。"

艾米几乎没怎么听见她说什么;他没有注意到她悲伤的语调。他在想着他要在墨西哥过的那种无拘无束的生活。

"为了什么事呢?"他心不在焉地问道。

"关于卡尔·林斯特伦姆。他们怕我要和他结婚,然后我的一部分财产就要让他拿走了。"

艾米耸耸肩膀。"简直胡说八道,"他咕哝着,"就他们才想得出来。"

亚历山德拉向后缩了一下,"为什么是胡说八道呢,艾米?"

"你从来没有想过这样的事,不是吗? 他们总是要没事找事瞎吵吵。"

"艾米,"他姐姐慢吞吞地说,"你不要把事情都视为当然。你也和他们一样认为我没有权利改变我的生活方式吗?"

· 啊,拓荒者!·

艾米望着在昏暗中他姐姐的头的轮廓。他们坐得很近,他有点觉得她能感觉到他在想什么。他沉默了一会儿,然后用发窘的语气说:"不,当然不。你应该做你想做的事,我总是支持你的。"

"可是,如果我跟卡尔结婚,你也觉得有点可笑吗?"

艾米有点坐立不安,他觉得这个问题太没边儿了,没法讨论。"噢,不。你要是想要这么做,我会觉得惊奇,我看不出来为什么。不过这不是我的事。你应该随你自己的意愿去做。你当然不必理睬他们两个说什么。"

亚历山德拉叹了口气。"我原来还希望你能理解一点儿我为什么想要这样做。不过我想这也期望太多了。我的生活一直很寂寞,艾米。除了麦丽之外,卡尔是我有过的惟一的朋友。"

艾米这下醒过来了;她最后一句话里的一个名字把他给惊醒了。他伸出手去,笨拙地抓起姐姐的手。"你应该完全按你的愿望去做,我认为卡尔是一个很好的人。他跟我总是可以合得来的。两个哥哥讲他的那些话我一点儿也不信,真的不相信。他们怀疑他,因为他聪明。你是知道他们的为人的。自从你让我去上大学之后,他们一直对我心怀怨恨。他们一直在想法赶上我。我要是你,我就根本不去理他们说什么。没有什么好难过的。卡尔是个通情达理的人,他不会在乎他们的。"

"我不知道。如果他们跟他像跟我那样谈话的话,我想他会走掉的。"

艾米越来越不安了。"你这么想吗?是啊,麦丽就说过,你要是跟他跑掉了,我们才活该呢。"

"她真这么说过?上帝保佑她的好心。她倒是真会这么说的。"亚历山德拉的声音呜咽了。

艾米开始解他的护腿。"你为什么不和她谈谈呢?卡尔来了,我听见他的马蹄声了。我想我还是到楼上去脱靴子。不,我不要吃晚饭,我们五点钟在集市那儿已经吃过了。"

艾米很高兴脱身到自己房间去。他有点为他姐姐感到丢脸,不过他尽量不表现出来。他觉得她的想法有点不雅,确实使他感到有点可笑。他躺到床上去时自己思忖着,这世界上就是没有四十岁的人还想结婚也已经麻烦够多的了。在寂静

· 啊,拓荒者! ·

的黑暗里,艾米不大可能对亚历山德拉的事想很长时间。所有的形象都溜走了,只剩下一个。那天下午他在人群中看见了麦丽,她在义卖会上卖糖果。她怎么会跟沙巴塔跑掉的,怎么还能继续这样欢笑,这样工作,对什么事都这样兴致盎然?为什么这么多人都喜欢她,为什么当所有的法国小伙子和波希米亚小伙子,包括神父本人,都围着她的糖果摊转的时候,她那么高兴?为什么她除了他一个人之外还要关心别人?为什么他从她那双调皮的、亲切的眼睛里从来、从来找不到他所寻求的东西?

然后他开始想象他再寻找一遍,真的找到了,看起来好像她在爱着他——如亚历山德拉所说,她是能够全心全意地爱一个人的。他可以在这个梦幻中躺上几个钟头,好像中了法术一样。他的灵魂脱离了躯壳,穿过田野,飞到麦丽·沙巴塔身边。

在大学的舞会上,姑娘们常常好奇地看着这个高大、俊秀的瑞典青年,眉头紧蹙,交叉着双手倚墙而立,眼睛不是盯着天花板,就是地板。姑娘们都有点怕他。他长得很出众,但不是那种乐呵呵的人。她们觉得他太认真,心事重重,有点怪。艾米所参加的那个同学会是以善于跳舞而自豪的,有时他也恪尽职责,每个舞都跳。不过不论他是在舞池里,还是在墙角想心事,他总是在想着麦丽·沙巴塔。这风暴在他心中已经酝酿了两年。

十二

卡尔走进起居室时亚历山德拉正在点灯。她一边调整着灯罩,一边抬眼望着他。他那棱角鲜明的肩膀微驼着,好像很累了。他脸色苍白,黑眼睛下面有蓝圈。他的怒火已经烧尽,现在只觉得难过、厌恶。

"你见到罗和奥斯卡了?"亚历山德拉问道。

"是的。"他避开她的目光。

亚历山德拉深深吸了一口气。"现在你要走了。我已经料到了。"

卡尔倒在一张椅子里,用他白皙的神经质的手把额前一绺黑发往后一推。"你的处境真没希望,亚历山德拉!"他激动地叫道。"你命中注定总是让小人所包围。我也不比别人更好一些。我太渺小,连罗和奥斯卡这种人的批评都受不了。是的,我明天就要走了。我甚至不能请求你给我一个承诺,等到我有朝一日能够对你有所奉献。我原来以为我可以这样做;但是我发现我做不出来。"

"把人家不需要的东西奉献给他有什么用呢?"亚历山德拉悲伤地问道。"我不需要钱。可是多少年来我一直需要你。我自问,如果发家致富的结果就是把朋友赶走,干吗要让我发家呢?"

"我不能自欺欺人。"卡尔坦率地说。"我知道我是为了自己而走的。我一定要做一番人人要做的努力。一定要有可以表现自己的东西。现在要接受你给我的东西,非得要么是一个很伟大的人,要么是一个很渺小的人才行。可是我只是属于中不溜的。"

亚历山德拉叹了一口气。"我有一种感觉,你这一走,就不会再回来了。我们两个之中有一个会出什么事,或是两个人都出事。在这个世界上,幸福一出现就得马上抓住。失去容易找到难。我所有的一切都是你的,如果你真的心里有我,就拿去吧。"

卡尔站起身来,望着约翰·柏格森的画像。"可是我不能,亲爱的,我不能!我要立刻到北方去,而不是在加利福尼亚晃掉一冬天。我要到那儿去找到我前进的方向。我一星期也不能浪费了。对我耐心一点,亚历山德拉。给我一年的时间!"

"随你便吧。"亚历山德拉精疲力尽地说。"一天之内,一下子,我失去了一切;我也不知道为什么。艾米也要走了。"卡尔还在仔细端详着约翰·柏格森的脸,亚历山德拉追随着他的目光。"是啊,要是他能看到他交给我的一切工作得到这样的结果,他也会难过的。我希望他现在已经回到故乡和乡亲们在一起,但愿新世界的消息到不了他们那儿。"

第三部 冬 忆

一

冬天再次在"分界线"上安家;这是大自然休养生息的季节,她在硕果累累的秋天和热情奔放的春天之间沉沉睡去。鸟儿已一去无踪影。洋溢在茂密的草丛里的丰腴的生命已经熄灭。草原上的野狗都躲进了洞里。瑟瑟发抖的兔子从一块冰冻的园地跑到另一块,历尽艰辛地寻找霜打的白菜梗。入夜,小狼在冬天的野地里流浪,为求食而嗥叫着。五色缤纷的田野现在只剩下一个颜色;牧场、收割后的庄稼地、大路、天,都是一片铅灰色。很难把一排排篱笆和树同光秃秃的地面区分开来,因为都是一色青灰。地已经冻得邦邦硬,走在路上或是犁过的地里脚都要硌疼。这是一个铁的村庄,冷峻、阴郁,使人精神压抑。这死气沉沉的景象很容易让人觉得这里一切生命和果实的萌芽都已永远死亡。

亚历山德拉又恢复了她的日常生活。艾米每星期都来信。自从卡尔走后她没有见过罗和奥斯卡。为了避免在好奇的旁观者面前相遇的尴尬场面,她不再去挪威教堂,而是驱车到汉努威的革新教会的教堂,或是同麦丽·沙巴塔一起到天主教堂去——当地人都叫它"法国教堂"。她没有把卡尔的事和她跟罗和奥斯卡吵架的事告诉麦丽。她一般不大爱讲自己的事,而当话题转到这件事时,本能告诉她,在这一类事上她和麦丽是不会互相理解的。

李老太太担心这家庭不和会剥夺她一年一度去亚历山德拉家做客的机会。可是十二月的第一天,亚历山德拉就给安妮打电话,告诉她明天派艾弗去接她母亲,于是第二天这位老太太就带着她的包袱到来了。十二年来,李老太太一进亚历山德拉的起居室总是喊着同一句话,"好了,现在咱

· 啊,拓荒者! ·

们又完全像在老年间一样了!"亚历山德拉给她充分自由,而且整天都能听到自己的家乡话,这是一种享受。她在这儿能戴睡帽,而且关着窗睡觉,听艾弗念《圣经》,还能穿着一双艾米的旧靴子在牲口栏里到处跑。她虽然身子已经弯得像叠起来一样,可还像地老鼠一样敏捷。她的脸是棕色的,像是油漆过,脸上的皱纹像洗衣婆手上的一样多。嘴里还剩三颗快乐的门牙,每当她露出牙齿笑时,总是一副深知其中奥妙的样子,好像是说,如果你懂得如何应付的话,生活远不是那么糟糕。当她和亚历山德拉一起缝缝补补的时候,她滔滔不绝地讲她从瑞典报纸上看来的故事,不厌其详地叙述故事情节;或者讲她还是小姑娘的时候在戈特兰一个奶牛场时的生活。有时她忘了哪是印出来的故事,哪是真事,反正一切都像是那么遥远。她喜欢在临睡前喝一点儿加热水和糖的白兰地,亚历山德拉总是给她准备着。"这可以带来好梦。"她说着,眼睛里闪出一点亮光。

李老太太在亚历山德拉这儿住了一星期之后,有一天早晨麦丽·沙巴塔打电话来说弗兰克进城去了,要待一整天,她希望她们下午过来喝咖啡。李老太太赶忙把她前一天晚上刚做好的新十字花围裙洗净、熨平;那是一条方格子布围裙,底上绣着十英寸宽的十字花,图案是打猎的景象,有枞树、一只鹿、猎狗和猎人。午饭的时候李老太太很克制,坚决不添第二次苹果馅饼,"我想留点儿肚子。"她说着咯咯一笑。

下午两点钟,亚历山德拉的马车抵达麦丽·沙巴塔的门前,麦丽望见李老太太的红头巾突然出现在小路上。她奔到门口,一把抱住老太婆,把她拉进屋去,趁亚历山德拉给马盖毯子的时候帮她脱下一层层外衣。李老太太穿着她最好的黑缎子衣服——她讨厌毛料子,即使在冬天也是如此——领子是针织的,用一只淡色的金别针别住,别针上面印着已经褪色的她父母的头像。她怕把围裙弄皱了,先没穿它,现在抖搂出来,郑重其事地系在身上。麦丽向后退了一步,举起双手喊道:"哦,真漂亮!我从来没见过,是吗,李老太太?"

老太太咯咯笑着,缩起脑袋。"你是没见过,我昨天夜里才做好。你看这线,结实着哪,洗不坏,不褪色儿。我妹妹从瑞典寄来的,我想你一定喜欢。"

· 啊,拓荒者! ·

麦丽又奔到门口去。"进来吧,亚历山德拉,我在看李老太太的围裙。你回去的路上在希勒太太家停一下吧,她喜欢十字花,喜欢得要命。"

当亚历山德拉脱下帽子和头巾的时候,李老太太走到厨房,在炉旁一张木摇椅上坐下,充满兴趣地看着摆好的台子:上面铺着白桌布,放着三个人的餐具,当中还有一瓶粉红的天竺葵。"天哪,你种的不错啊,花真不少。怎么才能不让它受冻?"

她指着窗台上摆满了的倒挂金钟和天竺葵。

"我整夜都生着火,李老太太,天特别冷的时候我就把它们都放到屋子当中的桌子上。一般晚上我只是在后面放上报纸。弗兰克总爱笑我瞎忙乎。可是当它们不开花的时候,他又说:'那劳什子家伙怎么搞的?'——卡尔有什么消息吗,亚历山德拉?"

"他在河结冰之前到了道逊地方。现在我想在开春之前不会再接到他的信了。他离开加利福尼亚之前给我寄来一盒橘子花,可是保存得不大好。我给你带来了一捆艾米的信。"亚历山德拉从起居室走出来,玩笑地拧了一下麦丽的脸蛋。

"你看起来好像天气永远冻不着你似的。你从来不伤风,是吗?真是好孩子。她小时候脸蛋就是这样深红的,李老太太。那时她真像一个奇怪的洋娃娃。我总也忘不了我第一次在米克尔约翰店里看见你的情况,麦丽,那时我父亲正在生病。卡尔走之前我们还谈到过呢。"

"我记得的,还有艾米和他的小猫。你什么时候给艾米寄圣诞节的盒子去?"

"我本来早该送出了。现在我得赶紧邮寄去,还可以及时赶到。"

麦丽从针线篮里拉出一条紫色的丝织领带来。"这是我给他织的。这颜色很好,你说呢?请你把这跟你要寄的东西放在一起,告诉他是我送给他的,好戴着到姑娘窗下去弹小夜曲。"

亚历山德拉笑了。"我想他不大弹小夜曲。他在一封信里说,墨西哥女士们有美丽之说,这种说法不像是热烈的称赞。"

麦丽把头一甩。"艾米骗不了我。他要是买了一把吉他,就会去弹小夜曲。谁都会这样做的,那么多西班牙姑娘从窗口扔下花来!要是我的话,我每夜都要为她们去弹唱,你会这样做吗,李老太太?"

老太婆哈哈笑起来。当麦丽弯腰打开烤炉门的时候,她的眼睛发亮了。一阵美味的暖烘烘的香气吹进那整洁的厨房。"天哪,真香!"她转过头去对亚历山德拉眨眨眼睛,三颗大门牙勇敢地露了出来,"我想这一来我的牙床就再也不疼了!"

麦丽拿出一锅精致的小甜面包卷儿,杏子酱馅的,在上面撒上白糖。"我希望你喜欢吃这个,李老太太。亚历山德拉是喜欢的。波希米亚人喝咖啡的时候总是喜欢吃这个。不过要是你不喜欢,我还有带果仁和罂粟子的咖啡饼。亚历山德拉,把那个奶油罐子拿过来好吗?我特意把它放在窗口保寒。"

当她们三人围着桌子坐下时,亚历山德拉说:"波希米亚人会做的面包种类肯定比全世界任何一个国家的人都多。有一次在教堂的晚餐上希勒老太太告诉我她会做七种花样翻新的面包;可是麦丽会做十几种。"

李老太太用她棕色的大拇指和食指拈起一个杏子酱面包卷来,挑剔地掂掂分量。"简直像羽毛一样,"她满意地宣称,"天哪,真好吃!"她一边搅着咖啡,一边叫道,"我想现在再吃一点果酱。"

亚历山德拉和麦丽笑她考虑真周到。然后她们就只顾谈自己的事了。"那天晚上我在电话里和你讲话时直担心你伤风了。你怎么了?是哭来着吗?"

"也许我哭过了。"麦丽不好意思地说。"那天晚上弗兰克很晚还没回家。有时候在冬天,大家都出去了,你不也会感到寂寞吗?"

"我想是有点儿。如果我没有伴儿了,我就自己跑出去找伴儿。要是连你也情绪低落,那我们其他人怎么办呢?"亚历山德拉问道。

"我不常这样。看,李老太太没有咖啡了!"

过了一会儿,李老太太宣称她已经没力气了,麦丽就和亚历山德拉上楼去找这老太太要借的针织花样。"你穿上大衣吧,亚历山德拉。上面很冷,我还不知道那花样放在哪儿了。我也许得翻翻旧箱子。"麦丽抓起一条围巾,打开楼梯门,在客人前头跑上楼去。"我先翻翻书桌抽屉。你可以在挂着弗兰克衣服的壁橱架上面的帽子盒里找找看,那里面有许多乱七八糟的东西。"

· 啊,拓荒者! ·

她开始翻抽屉,亚历山德拉就掏壁橱。一会儿,她走过来,手里拿着一根黄色、有弹性的细藤条。

"这是什么玩意儿啊,麦丽?难道你要告诉我弗兰克曾经拿过这玩意儿?"

麦丽惊奇地冲它眨眨眼,然后坐在地上。"你在哪儿找到的?我不知道他还保留着它,我已经多少年没见着它了。"

"那它真的是一根手杖了?"

"是的,这是他从老家带来的。我当初刚认识他的时候他经常拿着它。是不是挺傻气的?可怜的弗兰克!"

亚历山德拉用手指捻着手杖,笑了。"他那时候看起来一定很滑稽!"

麦丽陷入了沉思。"不,真的不。那时他拿着好像一点也不觉得不相称。他年轻的时候就是那么活泼的。我想人总是碰到最不如意的境遇,亚历山德拉。"麦丽把围巾围紧,还是盯着那根手杖看。"弗兰克如果得其所哉的话,是会很对头的。"她边想边说,"至少有一点,他应该有个另一样的妻子。你知道吗,亚历山德拉,我现在能够给弗兰克找到对他最合适的女人了。问题是,你还没有发现这个男人需要什么样的女人时,你就跟他结婚了;而往往你正好不是他所需要的那种人。那么你该怎么办呢?"她坦率地问道。

亚历山德拉承认她不知道该怎么办。"可是,"她补充道,"我觉得你跟弗兰克相处得不错,就我所看到或听到过的,至少不比任何一个女人所能做到的更差。"

麦丽摇摇头,噘起嘴唇轻轻向冷空气里呼出暖气。"不是这样。我在家里是娇生惯养的。我既任性,嘴又快。当弗兰克吹牛的时候,我说话挺尖刻,这他永远忘不了。他心里一遍又一遍地想着这些话,我都感觉得出来。我还太轻浮。弗兰克的妻子应该是怯生生的,应该心里只有一个弗兰克,此外对世界上任何活着的东西都不留心。我刚和他结婚时的确是这样的,可是我想我太年轻了,不能长久这样。"麦丽叹了一口气。

亚历山德拉从来没有听麦丽这样坦率地谈到过她的丈夫,她觉得最好不要加以鼓励。她的理由是,这样的事总不会有好结果的。当麦丽一边想,一边说出心事时,她就一个劲儿地翻她的帽盒。"是这些花样吗,麦丽亚?"

麦丽从地上跳起来。"对了,我们是来找花样的,不是吗?我刚才只想着弗兰克的别个妻子,把什么都忘了。我把这收起来。"

她把手杖塞到弗兰克星期日穿的衣服后面,虽然她在笑,亚历山德拉看见她眼里有泪。

当她们回到厨房时,开始下雪了。客人觉得该回去了。麦丽送她们到马车边,在亚历山德拉取下马身上的毯子时,她给李老太太塞好大衣。她们驱车走了。麦丽转回去,慢慢走进屋子。她拿起亚历山德拉带来的一包信,但是没有看。她把这些信翻来覆去,看着上面的外国邮票,然后坐着凝视窗外的飞雪。厨房渐渐暗下来,炉膛里发出一道红色的火光。

麦丽心里完全有数,艾米的信虽说是写给亚历山德拉的,更多却是写给她的。这不是年轻小伙子写给姐姐的那种信——比那个更带有私人性质,而且下的功夫也更大;不厌其详地描写当时还在波菲里奥·迪亚兹铁腕控制下的古老的墨西哥首都的欢乐生活。他讲述斗牛、斗鸡、教堂和狂欢节的情景;花市、喷泉、音乐、舞蹈,还有他在圣芳济街的意大利餐馆中遇到的各国人士。总之,这种信是青年男子写给女人的,希望自己和自己的生活能使她感到有趣,希望自己能进入她的想象之中。

麦丽独自一个的时候,或是晚上坐着做针线的时候常常想象艾米待的那个地方该是什么样的;那里到处是鲜花、街头乐队,马车来回跑着,大教堂门口有一个擦皮鞋的小瞎子,你点什么曲子他都能用擦皮鞋盒子的盖子敲着石头台阶演奏出来。既然自己在二十三岁时一切都已经完结,那么让想象力随着一个前途远大的青年探险家驰骋也是一乐。"如果不是为了我,"她想,"弗兰克可能也还像以前那样自由自在,享受着人家对他的爱慕。可怜的弗兰克,结婚对他并没什么好处。恐怕我真是像他所说的,弄得别人都跟他对立。我好像,不知怎的,经常在牺牲他。也许如果我不在场,他会再努力讨别人喜欢的。好像我总是使他显得再坏也没有了。"

那年冬天,亚历山德拉后来回顾起那天下午来,认为是她最后一次满意地到麦丽家串门。从那次以后,这个少妇似乎越来越孤僻。她和亚历

· 啊,拓荒者! ·

山德拉在一起时也不像往常那样自然、坦率了。她好像心事重重,有难言之隐。她们比平时见面少,跟天气也有关系。二十年来没见过这么大的风雪,从圣诞节到三月,穿过田野的小路都给深深地埋起来了。这两个邻居要互相拜访,还得绕道马车路,那要远一倍。她们几乎每天晚上都通电话,不过一月份有三个星期电线断了,邮递员根本没来过。

麦丽常常跑去看她最近的邻居希勒太太,她因风湿而残废,只有一个做鞋匠的瘸儿子照顾她;另外,她总是按时到法国教堂去,风雨无阻。她是一个真心诚意的虔诚的姑娘。她为自己、为弗兰克而祈祷,也为正处在充满诱惑的、堕落的花花世界里的艾米而祈祷。那年冬天,她从教堂得到的安慰比任何地方都多。教堂似乎离她更近了,似乎填补了她心中隐隐作痛的空虚。她尽力耐心对待她丈夫。他和雇工们晚上经常打加利福尼亚杰克①。麦丽坐在一旁缝纫或是编织,努力对他们的牌局表现出友好的兴趣,可是她心里总是在想

----

① 一种纸牌戏。

着外面辽阔的田野,那里雪花在篱笆上面纷飞;想着果园,那里一簇一簇的雪落下来,把树木裹起。当她到黑暗的厨房去安排她的花草过夜时,常常站在窗口眺望那白皑皑的原野,或是回旋在果园上空的阵阵飞雪。她好像能够感觉得到那重重积雪的全部重量。现在树枝变得真硬,你要想折断一根枝条都会把手碰伤。然而,在那冰冻的积雪底下的树根处,生命的奥秘还是安然无恙,和人心房里的血一样温暖;春天还会到来,啊,一定会来的!

二

如果亚历山德拉想象力丰富一点的话,她就会猜到麦丽心里在想些什么,她也会早就看出艾米的心事。可是,正如艾米不止一次想到的,这正是亚历山德拉盲目的一面,而她所过的那种生活又不足以使她的观察力敏锐起来。她的一切训练都是为了使她所从事的工作卓有成效。她的个人生活,以及自己个性的发挥,几乎都是下意识的;好比一股地下潜流,隔好几个月才间或冒到地面上来,然后又流回自己的地下去。然而,这地下潜流毕竟还是存在的。她的家业之所以比邻居们都兴旺发达,正是因为她有这么丰富的个性可以投入她的事业,而且又得以这样圆满地全部投入。

在她表面上平淡无奇的生活中,有一些日子是她感到特别幸福而不能忘怀的——那是她觉得自己和周围平坦、褐色的世界特别接近的日子,好像那土壤中的活泼生机融入了自己的身体。还有她同艾米一起度过的日子也是她很喜欢回顾的。有一次,年成干旱,他们两人到河边去察看土地。他们一大早出发,到中午已经赶了很长的路。艾米说他饿了,于是他们往回赶车,把布里汉姆放到灌木丛中去吃燕麦,自己爬到河边一块杂草丛生的峭壁顶上,在榆树阴下吃午餐。由于一直没下雨,河水清浅见底,道道涟漪流过闪闪发光的沙子。对岸垂柳下面有一道小湾,那里水比较深,流得这么慢,好像在阳光下睡着了。在这小河里有一只单身的野鸭,在明暗掩映之中游泳、潜水、整理羽毛,逍遥自在地嬉戏。他们坐了很长时间,观望那孤身的飞禽自得其乐。亚历山德拉似乎从来没有见过像那只野鸭那么美丽的生物。艾米一定也有同感。因为好久以后,当他们在家里的时候,他常会提起:"姐姐,你知道,那边我们的那只野鸭——"亚历山德拉记忆中那是她一生最快乐的一天。多少年以后她还想起那野鸭来,好像仍旧在那里,独自在阳光下戏水,像是一只不知年代、永不变化的仙鸟。

亚历山德拉的许多快乐的记忆都是同这件事一样与个人无关。然而,对她来说,却是个人色彩很浓的。她的思想像一本白色的书,上面清晰地写着有关天气、牲畜以及万物生长的事。愿意读她这本书的人是不多的,只有少数幸福的人例外。她从来没有恋爱过,也从来没有沉湎于多愁善感的梦想。就是在她还是少女的时候,她总是把男人看作工作的伴侣。她是在严酷的岁月中成长起来的。

说实在的,贯穿于她整个少女时代的,只有一种幻觉。最常是在星期日早晨出现,这是她一星期中惟一睡懒觉的一天,躺在床上倾听她所熟悉的早晨的声音——磨房的风车在微风中歌唱,艾米在厨房门口一边擦皮靴一边吹口哨。在她这样懒洋洋地躺着尽情享受的时候,有时会有一种幻觉,好像有一个十分强壮的人把她身体托起,轻轻地抬走。这人当然是一个男人,但是和她所认识的男人都毫无相似之处;他比他们都强壮、魁梧、敏捷得多,他轻而易举地抬着她走,好像她是一片麦叶。她从来没有看见过他,但是她闭着眼睛可以感觉到他像阳光一样金黄,浑身都散发着熟透的玉米地的香气。她能感觉到他走近来,弯腰把她举起,然后她就觉得自己被举着疾驰过田野。每当出现这样一次梦幻之后,她就生着自己的气,赶忙起身,跑到从厨房隔出来的浴室中,站在一个铅桶里使劲擦澡,最后往自己晶莹雪白的身上浇几桶凉水而告终。这雪白的身体是"分界线"上任何一个男人都不可能举起来走得很远的。

待她年事日长,这个幻觉更多是在她感到疲劳,而不是精力旺盛的时候出现。有时,她在野外工作了一整天,监督工人们给牛身上打戳记,或是把猪装车,回到家来身上凉飕飕的,喝一杯加香料的家酿热酒,然后上床,浑身累得酸痛。这时,就在她入睡之前,那个老幻觉又出现了,她感到有人把她的身子举起、抬走,那是一个强壮的人,能把她身上的疲劳一扫而光。

第四部　白桑树

一

法国教堂——正式名称是圣爱格尼斯教堂——坐落在小山顶上。从多少里以外就可以越过麦田望见那细高的红砖建筑、陡峭的屋檐和尖顶。不过圣爱格尼斯村庄却完全藏在山脚下。教堂高高在上,俯瞰一切,望之俨然,颇有气派。脚下是大片浓艳艳的田野。它所处的位置和背景常使人想起法国中部麦田里那些古老的教堂。

一个六月里的下午,亚历山德拉·柏格森驱车驶在从富饶的法国村庄通向教堂的一条路上,太阳直射到她脸上,山上的红色教堂周围一片霞光。亚历山德拉身旁坐着一个带有鲜明的异国情调的身影,他头戴墨西哥高帽子,身上扎着绸腰带,穿一件缀着银扣子的黑丝绒背心。艾米前一天晚上刚回来,姐姐真为他自豪,立即决定带他来参加教堂举行的晚餐会,让他穿上箱子里带来的墨西哥服装。她的理由是:"体面人家的姑娘那天都要穿上奇装异服,有的小伙子也穿。麦丽那天要给人算命。她已经让人从奥马哈给她取来一身波希米亚的衣裙,那是她父亲回家乡时带来的。你要穿这身衣服去,他们都会高兴的。你一定得带着吉他去。每一个人都要尽力做出贡献,而我们从来在这方面没出过多少力,我们家的人不是多才多艺的。"

晚餐定于六点钟在教堂地下室举行,之后有一场义卖会,有猜谜语游戏、大拍卖等等。亚历山德拉很早就离家出发,把家交给西格娜和奈尔斯·詹森,他们下星期就要结婚了。西格娜羞答答地要求把婚礼推迟到艾米回来再举行。

亚历山德拉对弟弟很满意。当他们驾车穿过绵延起伏的法国村庄,迎着夕阳驶向那高耸的教堂时,她心里想着很久以前和艾米从河边地赶车回到那尚未被征服的"分界线"的情景。她对自己说,是的,这还是值得的;艾米和家园都不负她所望。在父亲的孩子里面,总算有一个能适应外面的世界,没有拴在犁耙上,有着与土地无关的、自己的个性。她想,这正是她努力要实现的目标,她对自己的一生感到很满意。

当他们到达教堂时,地下室门口已经拴着几十辆马车,那扇门开在山坡上,外面就是小伙子们在上面摔跤、比赛跳高的沙土平台。阿梅代·什瓦里埃已经做了一个星期骄傲的父亲,他冲出来拥抱艾米。阿梅代是独生子,所以很富有,但是他自己打算像札维埃姑夫那样生二十个孩子。他紧紧拥抱艾米,"你为什么不来看我的孩子?你明天来,一定?艾米,你赶快生个孩子吧,这是人生最大的乐事。不、不,安琪儿一点也没有不舒服。一切都顺利。那孩子笑着来到世上,从那以后他就一直笑着,你来看看就知道了!"他每加重语气就捅艾米的肋骨一下。

艾米抓住他的胳膊,"别捅了,你要把我捅穿了。我给他带来了杯子、勺子、毯子、软鞋,足够装备一个孤儿院的。我非常高兴是个男孩子,真的!"

小伙子们都围着艾米,欣赏他的服装,恨不得一口气把他走之后发生的事都告诉他。艾米在法国村庄比在挪威沟那边朋友更多些。法国和波希米亚小伙子都是活泼、欢快、喜欢花样翻新的,对于新鲜事物天生就有好感,正如斯堪的纳维亚的男孩子们首先予以抵制一样。挪威和瑞典青年要自我中心得多,容易自私、妒忌。由于艾米上了大学,他们就对他敬而远之,随时都准备着,要是他向他们摆架子,就给他一个下马威。法国青年则喜欢赶时髦,总是高兴听人讲新事物:新衣服、新游戏、新歌、新舞。现在他们簇拥着艾米,领他去看村那头邮局对面他们刚布置好的俱乐部。他们一口气跑下山坡,大家都同时又说又笑,有人说英语,有人说法语。

亚历山德拉走进刚粉刷好的阴凉的地下室,妇女们正在摆桌子。麦丽站在一张椅子上,正用围巾搭起一个小小的帐篷,准备在里面给人算命。她跳下来向亚历山德拉跑去,半路又停下来,失望地望着她。亚历山德拉向她点头示意。

"噢,他就要来的,麦丽。小伙子们把他拥

走,领他去看什么东西去了。你简直要认不出他了。他已经是个男子汉了。我身边再也没有孩子了。他吸着呛鼻子的墨西哥烟卷儿,还讲西班牙语。你真美,孩子。你这漂亮的耳环哪儿来的?"

"那是属于我奶奶的。爸爸一直答应把它给我。他跟这身衣服一块儿寄给我的,说我可以留着它了。"

麦丽穿着一条织得很结实的红色短裙,上面是白色的胸衣和罩裙。头上缠着一条黄丝巾,低垂在她棕色的鬈发上,耳垂上挂着长长的珊瑚耳环。她七岁那年,她的姨婆给她用炭条穿了耳朵,那是无所谓细菌的年月,就在普通扫帚上拔下一根草来穿在耳孔里,直到伤口长好,就戴上两个小金耳环。

艾米从村里回来后,和那些小伙子们逗留在门外平台上。麦丽听见他说话,弹吉他,劳尔·马赛用假嗓子唱着歌。他在外面不进来,她感到恼火。只闻其声不见其人使她心烦意乱;她暗自想道,她当然不能跑出去找他。当吃饭铃响起,小伙子们鱼贯而入在第一桌找位子时,她忘记了一切烦恼,跑上去招呼人群中最高的、服饰与众不同的那一个。她毫不掩饰她的窘相,向艾米伸出手去时又是脸红又是笑,高兴地看着他那黑丝绒外衣,这衣服把他的白皮肤和金头发衬托得更加鲜明。麦丽要是喜欢什么事,是不可能不冷不热的。她根本不会作出半心半意的反应。她高兴起来就恨不得踮起脚尖鼓掌。要是人家笑话她,她就跟人一起笑。

"那儿男人上街天天都穿这个吗?"她抓住艾米的袖子把他转一个圈。"哦,我真希望住在穿这种衣服的地方!扣子是真银的吗?戴上帽子看看,真重啊!你怎么戴得了?你干吗不给我们讲讲斗牛的情况?"

她恨不得立刻把他的经历都挤出来,一刻也等不及。艾米高高兴兴地微笑着,还是用他那深沉的眼光俯视着她,与此同时,那些穿着白衣裙、扎着白丝带的法国姑娘们在他周围穿来穿去,亚历山德拉望着这景象,心中十分得意。麦丽知道有几个法国女孩子希望艾米陪伴她们上餐桌,她看到艾米只陪他姐姐走,感到放了心。麦丽拉着弗兰克的胳膊,把他拉到同一桌去,设法坐在柏格森姐弟的对面,以便可以听得见他们的谈话。亚历山德拉让艾米给札维埃·什瓦里埃太太——就是那二十个孩子的妈妈——讲他在一次斗牛表演中眼看一个斗牛士给杀死的情况。麦丽每一个字都听了进去,只有在注意给弗兰克的盘子填满时才把眼光从艾米身上移开。艾米的故事血淋淋的,使札维埃太太听得很满意,而且庆幸自己不是斗牛士。当他讲完之后,麦丽连珠炮似的发出一串问题。妇女们去看斗牛时都穿什么衣服?她们披黑头纱吗?她们是从来不戴帽子的吗?

晚饭后年轻人猜谜语给老人们逗乐,在猜谜间歇时,老人就闲聊天。圣爱格尼斯地方所有的铺子那天晚上八点钟都关门,好让商人和店员们都来参加义卖会。拍卖是余兴中最热闹的节目,因为法国小伙子在争着给价时总是冲昏头脑,自以为挥霍的钱都很值得,感到心满意足。在所有的针线包、沙发椅垫、绣花拖鞋都卖完之后,艾米拿出他衬衫上人人赞赏不已的一粒松石纽扣,递到拍卖人手里,引起了全场轰动。所有的法国姑娘都渴望要它,她们的情人争相抬价。麦丽也想要,直给弗兰克示意,弗兰克故意不予理睬,从中得到一些酸溜溜的满足。他认为没必要因为一个

· 啊,拓荒者! ·

人穿得像戏台上的小丑就这样围着他转。最后那块松石到了法国银行老板的女儿玛尔维娜·索瓦日手里,麦丽耸耸肩,走进自己用头巾搭起的小帐篷,开始就着一支蜡烛的亮光洗牌,喊着:"算命,算命!"

年轻的传教士,杜什涅神父首先过来算命。麦丽拿起他白皙、修长的手,看了看,然后抽出牌来。"我看到你要长途涉水旅行,神父。你将要到一个为水所包围的村庄;好像是在岛上,到处是河流和绿色的田野。你要去看一位老妇人,她头戴白帽,耳戴金耳环,你在那里会很快活。"

"是啊,"神父忧伤地微笑着说,"那是亚当岛,我母亲的家乡。你真有学问,我的姑娘。"他拍拍她的黄头巾,叫着:"来吧,小伙子们!这里可有一位真正的未卜先知!"①

麦丽算命算得很机灵,有时加点小小的讽刺,使大家感到有趣。她告诉老守财奴布鲁诺,他会把所有的钱都丢光,跟一个十六岁的姑娘结婚,快快活活地啃面包皮过活。那个只为肚子而活着的

---

① 这几句话原文是法文。

俄国胖子肖尔特,则要失恋、变瘦,然后因忧郁而自杀。阿梅代将有二十个孩子,其中十九个是女孩子。阿梅代拍拍弗兰克的背,问他为什么不去看看算命的预言他是什么命运。可是弗兰克甩掉他友好的手,嘟囔着说:"她老早就给我算好命了;够倒霉的!"然后缩到一角,怒视着他的妻子。

弗兰克没有找到一个特定的人可以集中发泄他的嫉妒心,因而更加痛苦。有时候他觉得要是能从一个男人身上抓到对他妻子不利的证据,那他真要感谢他了。他曾经开除过一个很好的长工扬·斯默卡,因为他觉得麦丽喜欢他;但是这个人走了之后似乎麦丽也并不想念他,而且对接替他的人照样那么好。农场的工人总是甘心情愿为麦丽什么事都干。弗兰克还没有发现过一个人乖僻到不愿尽力讨好麦丽的。弗兰克内心深处也知道,只要他放弃这种怨天尤人的态度,妻子是会回到他身边的。但是他决不肯这样做。他的怨恨是带根本性的,也许他即使想放弃也办不到。也许他这样总是自以为受亏待比受爱护能得到更大的满足。如果他有一次能做到使麦丽陷于愁苦不能自拔的境地,那他倒也许会回心转意,再把她从尘埃中扶起来。但是麦丽从来没有低声下气过。在他们恋爱的最初日子里,她曾经是他的奴隶;她出于对他的崇拜,完全听他摆布。但是当他开始欺侮她,对她蛮不讲理时,她就逐步疏远他;起初是含着惊讶的眼泪,后来就是沉静、无言的厌恶。他们之间的距离逐渐扩大、僵化,不再有忽然缩短,使他们又亲密起来的时候。她生活的火花转到了别处,他一直在窥伺着,想出其不意地抓住它。他知道她感情一定寄托在什么地方,因为她是一个不去爱就无法生活的女人。他要证实他所感受到的委屈。她心里藏着什么?她的心在哪里?粗暴的弗兰克,也还有他细致的地方,他从来没有提醒过麦丽,她过去曾经多么爱他。对于这一点,麦丽是感激他的。

当麦丽和法国小伙子们聊天的时候,阿梅代把艾米叫到屋子后面,悄悄告诉他,他们准备开姑娘们一个玩笑。十一点钟的时候,阿梅代要到走廊里拉闸门,把电灯都熄灭,趁着杜什涅神父摸上去再把灯打开之前,小伙子们都有机会吻自己的情人。惟一的麻烦是麦丽帐篷里的那支蜡烛;由于艾米没有情人,他是不是可以为小伙子们做件好事,把那支蜡烛吹灭。艾米说他一定负责做到这一点。

十一点差五分的时候,他漫步走进麦丽的小帐篷,法国小伙子们都散开去找他们的情人了。他靠在牌桌上,尽情地看着她,"你觉得你能给我算命吗?"他低声细语。这是他将近一年来单独和麦丽说的第一句话。"我的命运一点也没改变,还和从前一样。"

麦丽常常想,不知道还有没有任何一个人能像艾米一样用眼神向你传递思想。今夜,当她同他那执着、强有力的目光相遇时,不能不感受到他正在做着的梦中的柔情;在她还没有来得及拒之门外之前,它已经向她袭来,藏进了她的心房。她开始使劲洗牌。"我在生你的气,艾米,"她使着性子说,"你为什么把那块美丽的蓝宝石给他们去卖?你应该知道,弗兰克是不会给我买的,而我多想要它!"

艾米干笑了一下,"想要这种小玩意儿的人应该得到它。"他淡淡地说,把手插进丝绒裤袋里摸出一把像弹子那样大,没有加过工的松石,从桌上俯过身去撒在她怀里。"给你,行了吧?小心点儿,别让人家看见了。现在我想你该要我走开,好让你自己玩这些石头了吧?"

麦丽着迷地望着那石头的柔和的蓝色。"哦,艾米!那儿所有的东西都这么美吗?你怎么舍得离开那儿呢?"

就在此刻,阿梅代扳闸了。大厅里一阵颤动和吃吃的笑声,大家的目光都转向麦丽的蜡烛在黑暗中发出的一点红光。刹那间,这点光也熄灭了。悄声笑语在黑暗的大厅里荡漾。麦丽惊跳起来——径直跳进了艾米的怀抱,就在同一个时刻,她感到了他的嘴唇。长期在他们之间飘忽不定的那层纱幕融化掉了。在她自己还没有意识到的时候,已经委身于这一亲吻——既是成年男子汉,又是青年小伙子的亲吻,既羞怯,又温柔;真像艾米,而不像世界上任何别人。等到这一切过去之后,她才意识到这意味着什么。而艾米,平时经常想象这初吻时的激情震荡,却惊奇地发现竟是这样轻柔,这样自然,就像他们两个一道发出的一声轻叹;几乎带着些忧伤,好像互相都怕在对方心中唤醒什么。

灯光重新亮了之后,人人都大笑、大喊,所有的法国姑娘都因兴奋而两颊泛起红晕,容光焕发。只有麦丽坐在围巾搭成的帐篷里脸色苍白,一声不响。在黄色头巾下,红珊瑚耳环在苍白的面颊旁摇曳。弗兰克还在注视着她,但似乎什么也没有看见。多年以前,他自己也有威力使她像现在这样面无血色。也许他不记得了——也许他从来没有注意过!艾米已经在大厅的另一头走来走去,用在墨西哥学来的样子晃动着肩膀,用他激情的、深邃的眼睛端详着地板。麦丽开始拆帐篷,把围巾叠起来。她没有再抬起眼来。年轻人都溜到大厅那头吉他声响起处。不久,她就听见艾米和劳尔在唱:

> 在大河彼岸,
>
> 有一片土地阳光灿烂,
>
> 我的墨西哥眼睛亮闪闪!

亚历山德拉走到牌桌旁。"我来帮帮你吧,麦丽,你好像很累了。"

她把手搭在麦丽的胳膊上,感到她在发抖。麦丽在这和善、安详的手下面挺了挺身子。亚历山德拉把手缩回,她迷惑不解,并且感到被刺伤了。

亚历山德拉身上有一种像宿命论者那样的穿不透的安详神态,总是使非常年轻的人感到局促不安,因为年轻人非到感情冲动不能自已,心弦一遇痛苦就能叫出声来时,是感觉不到心的存在的。

二

西格娜的婚礼晚宴刚结束,客人们和那个主持婚礼的令人厌烦的挪威牧师都纷纷告辞。老艾弗套好马车,准备把新娘、新郎连同他们的结婚礼物都送到亚历山德拉农场北部的新居去。当艾弗把车赶到门口时,艾米和麦丽·沙巴塔开始把礼物抱出来,亚历山德拉到卧室去和西格娜告别,再给她几句赠言。她惊奇地发现,新娘子已经换上大厚皮鞋,正在把裙子别起来。这时,奈尔斯带着亚历山德拉送给西格娜作结婚礼物的两头奶牛出现在门口。

亚历山德拉笑了。"咳,西格娜,你跟奈尔斯坐马车回去。明天早晨我让艾弗把牛送来好了。"

西格娜犹疑着,不知怎么办好,一听她丈夫叫她,就果断地把帽子别好。"我想我还是照他的话做。"她慌乱地咕哝着。

亚历山德拉和麦丽陪西格娜到门口,把他们送走:老艾弗赶着车,新郎新娘跟着步行,每人牵着一头牛。没等他们走远,艾米就纵声大笑起来。

"这两口子会好好过日子的,"他们回屋去时亚历山德拉说,"他们不会冒险,他们非要把牛赶进自己的牛栏才感到安全。麦丽,下回我要找老太婆来帮忙了。这些姑娘总是刚来不久,我又得把她们嫁出去。"

"我真不知道西格娜怎么回事,嫁给这么个脾气粗暴的家伙!"麦丽发表意见,"我本来想让她嫁给去年冬天给我们干活儿的那个挺好的斯默卡小伙子。而且我想她也喜欢他。"

"是的,我想她是喜欢他的。"亚历山德拉附和道,"可是我想她太怕奈尔斯了,不敢嫁给别人。我现在回想起来,我那些姑娘们大多数都嫁给了她们害怕的人。我想好多瑞典女孩子身上都有母牛的性格。你们这些爱激动的波希米亚人是没法了解我们的。我们是非常讲求实际的民族,

· 啊,拓荒者! ·

我们认为一个粗暴的人可以成为很好的管理人。"

麦丽耸耸肩膀,转过身去把掉到脖子上的一绺鬈发别起。不知怎的,最近亚历山德拉使她恼火。谁都使她恼火。她对所有的人都感到厌烦。"我要一个人回去,艾米,你不用拿帽子了。"她说着很快地把头巾围好。"晚安,亚历山德拉。"她回头喊着,声音不大自然,沿着沙砾小径跑了。

艾米大踏步跟上去,一直到追上她。然后她放慢了脚步。那夜暖风习习,星光朦胧,点点萤火虫在麦子上闪光。

他们一起走了一会儿之后,艾米说:"麦丽,我想不出来你知不知道我有多苦闷?"

麦丽没有回答他。她戴着白头巾的头向前低下一点。

艾米踢开小路上一块泥,接着说:"我不知道你是不是真的像你表现的那样薄情?有时候我觉得哪个小伙子对你说来都一样。好像不管是我,还是劳尔·马赛,还是扬·斯默卡,都无所谓。你真的是这样吗?"

"也许我就是这样。你要我怎么样呢?坐在

那里整天哭泣吗？我已经哭得不能再哭了,然后——然后我必须做点别的。"

"你为我难过吗？"他追问下去。

"不,我不。我要是像你一样开阔、自由,我决不会让自己为任何事情而苦闷。正如拿破仑·布鲁诺在义卖会上说的,我决不跟着任何一个女人转。我一定坐上第一班火车远走高飞,尽情享受一切有趣的事物。"

"我试过的,可是一点也没用。处处都勾起我的心事。地方越好,我越需要你。"他们走到了台阶旁,艾米指着台阶求她:"坐一会儿吧,我要问你一件事。"麦丽坐在台阶顶上,艾米向她身边靠近一点。"如果你认为对我能有所帮助的话,能不能告诉我一件本来与我无关的事？好吧,告诉我,请你告诉我,你当初到底为什么跟弗兰克·沙巴塔跑的！"

麦丽往回缩了一下。"因为那时我爱上了他。"她坚定地说。

"真的？"他简直难以置信。

"是真的,非常爱他。我想首先提出逃跑的是我。从一开头主要错误就在我。"

· 啊,拓荒者! ·

艾米把脸转开去。

"现在,"麦丽接着说,"我得记住这点。弗兰克现在和当初完全一样,只不过那时我自己非要把他看成我要的那种人。我太任性了,现在正在为此付出代价。"

"付出代价的不止你一个人。"

"就是这样,一个人犯了错误,就很难说会在哪儿打住。可是你可以走;你可以把这一切都永远丢开。"

"不是一切,我不能把你丢开。你愿意跟我走吗,麦丽?"

麦丽跳起来,跨过台阶。"艾米!你怎么能说出这么坏的话?我不是那号姑娘,这你是知道的。可是你要是老这么折磨我,叫我怎么办呢!"她哀诉道。

"麦丽,你只要再告诉我一件事,我就不再打扰你。停一分钟,看着我。不要紧,不会有人看见我们的。大家都睡着了。那只是一只萤火虫。麦丽,停下来,看着我!"

艾米追上她,抓住她的肩膀轻轻地摇着,好像在摇醒一个梦游人。

麦丽把脸埋在他的胳膊里。"别再问我了。我什么都不知道,只知道我多么苦。我原来还以为等你回来时就会好的。哦,艾米,"她抓住艾米的袖子哭起来,"你要是不离开这儿,叫我怎么办呢?我是走不掉的,而我们两个人当中有一个必须走。你难道看不出来吗?"

艾米站在那里低头看着她,肩膀挺得邦硬,那只让她抓着的胳膊也僵硬起来。她的白衣服在黑暗中看来像灰色。她像一个受难的幽灵,一个从地里钻出来的阴影,抓住他,求他给她以安宁。在她身后,萤火虫在麦丛中穿来穿去。他把手放在她低着的头上。"我向你保证,麦丽,如果你说你爱我,我就走开。"

她抬起脸来靠近他的脸。"我怎么能不呢?难道你还不知道吗?"

这回该轮到艾米浑身颤动了。他把麦丽送到门口之后,在野外游荡了一整夜,直到晨曦熄灭掉萤火虫和星星的光辉。

· 啊,拓荒者! ·

三

西格娜婚礼过后一星期,一天晚上,艾米跪在起居室一口箱子前面包着书。他不时站起来在屋里徘徊,把散落的书捡起来,无精打采地扔回箱子。他毫无热情地整理行装,对自己的前途并不乐观。亚历山德拉坐在桌旁做针线。她下午已经帮艾米理好箱子。艾米拿着书在她椅子旁走来走去时,心里想,现在离开姐姐不像第一次去上大学时那么难了。他准备直接到奥马哈去,在一个瑞典律师的事务所里学法律,直到十月份,然后进安·阿伯的法学院。他们计划好,亚历山德拉圣诞节的时候到密执安去——这对她算是长途旅行了——和他一起过几个星期。不过,他觉得这一次别离比以前几次都更带有永别的味道;这次意味着从此同老家一刀两断,开始一种新的——他不知道是什么。他对未来的想法总也没法形成明确的概念;他想得越多,就越模糊。但是有一点是明确的,他想;现在是该为亚历山德拉争气的时候了,这一点应该足够作为开始的动力。

他走来走去理书的时候感觉自己好像是在连根拔起什么东西。最后他倒在他小时候当床睡的那张旧躺椅上,望着天花板上那道熟悉的缝隙。

"累了吗,艾米?"姐姐问道。

"发懒。"他咕哝着,翻过身来望着她。他借着灯光端详了好久亚历山德拉的脸庞。在麦丽·沙巴塔告诉他之前,他从来没有想到过他姐姐是个漂亮的女人,他原来根本没有把她想成一个女人,只是姐姐就是了。他端详着她略低的头,抬头望望灯上面约翰·柏格森的画像。"不,"他默默地想,"她的样子不是从那儿继承来的。我想我更像那张画。"

"亚历山德拉,"他忽然说,"你用来当书桌的那张带柜子的胡桃木桌子是爸爸的吗?"

亚历山德拉继续飞针走线,"是的。这是他给老木屋买的第一批东西之一。在那年头,这算是奢侈品了。他给老家写回去许多信。他在那儿有许多朋友,他们一直到他死都给他写信。谁也不把祖父做的丢人的事怪到他身上。我现在还能想见他星期日穿着白衬衫,认真地一页又一页地写着。他写得一手整齐、秀气的好字,几乎像刻的一样。你肯下功夫写的时候,字有点像他的。"

"祖父真的坑了人,是吗?"

"他娶了一个放荡的女人,然后——然后我想他真的是坑了人。我们刚来的时候父亲常常梦想发一笔财,然后回去把祖父给蚀掉的钱偿还给那些可怜的水手。"

艾米在躺椅里挪动着身子。"我说,要真这样做了倒是值得的,不是吗?父亲跟罗或者奥斯卡一点都不像,是吧?他生病之前什么样我都记不得了。"

"喔,一点都不像他们!"亚历山德拉把活计扔在膝头。"他比他们机会好,不是指赚钱的机会,而是指使自己有所成就。他是一个沉静的人,但是非常聪明。你会为他自豪的,艾米。"

亚历山德拉觉得艾米愿意知道亲属里面有一个值得自己钦佩的人。她知道罗和奥斯卡是艾米引以为耻的,因为他们又固执又自满。关于他们,他从来不大多说,但是她能感觉得出来他的反感。自从他第一次离家去上学,他两个哥哥就表示对他不以为然。惟一会使他们满意的事,就是最好他在大学里功课不及格。所以他们对他讲话、衣着、观点的每一个变化都不喜欢;虽然最后一点他们得去猜,因为艾米跟他们除了家里的事之外,其他都避而不谈。他的一切兴趣他们都看作是装腔作势。

亚历山德拉重新拿起她的针钱,"我还记得父亲很年轻的时候,参加了斯德哥尔摩的一个音乐团体——一个男声合唱团。我记得常跟母亲去听他们唱歌。他们大概总有一百来人,全穿着黑外衣,戴着白领结。我常看见父亲穿着一件蓝的短上衣,当我在台上认出他来时,总是感到很自豪。你还记得他教给你唱的那支瑞典歌吗?——关于船上的孩子?"

"记得,我常唱给墨西哥人听。他们就喜欢新鲜的东西。"艾米停了一忽儿,若有所思地说道:"父亲在这里奋斗得很艰苦,是吧?"

"是的。他是在黯淡的年月死去的。不过他还是怀着希望。他对土地有信心。"

"对你也有,我猜。"艾米自言自语地说。又是一阵沉默;那是温暖、友好、充满互相了解的沉默;艾米和亚历山德拉多少个最幸福的片刻就是在这种沉默中度过的。

· 啊,拓荒者! ·

最后,艾米突然说:"罗和奥斯卡要是穷的话,会比现在幸福,是不?"

亚历山德拉笑笑。"可能。可是他们的孩子不会因此更幸福。我对米丽寄予很大希望。"

艾米颤抖了一下,"我说不上来。似乎事情发展下去越来越坏。瑞典人最糟糕之处,就是对于他们不知道的事从来不想去知道。在大学里也是这样。总是对自己那么满意!那自满的瑞典式的微笑简直让人猜不透。波希米亚人和德国人就很不一样。"

"得了,艾米,别背弃你自己的人民。父亲并不是自满的人,奥托叔叔也不是。即使罗和奥斯卡在还是青年小伙子的时候也不是那种人。"

艾米表现出难以置信的样子,不过他没有争辩。他翻身仰卧,躺了很长时间,两只手交叉在头底下,望着天花板。亚历山德拉知道他在想许多事。她对艾米不感到担心,她对他总是信任的,就像她信任土地一样。他从墨西哥回来之后更加恢复本色,似乎更喜欢在家待着,像旧时那样同她谈天。她毫不怀疑,他想要流浪的冲动已经过去,不久就会在生活中定下心来。

"亚历山德拉,"艾米忽然说道,"你还记得我们那次在河下游看到的那只野鸭吗?"

他姐姐抬起眼来。"我常想到她,总是觉得她好像还在那儿,就像我们看见她时一模一样。"

"我知道。真奇怪,人对有的事情就记得,有的事情就忘记。"艾米打个哈欠坐起来。"好了,我想现在该进屋去了。"他爬起来,走到亚历山德拉身边,弯下身去在她颊上轻轻吻了一下。"晚安,姐姐。我觉得根据我们的标准,你做得很有成绩。"

艾米拿起他的灯上楼去了。亚历山德拉继续坐着完成他的睡衣,这是要放在他衣箱的最上层的。

四

第二天早晨,阿梅代的妻子安琪莉克在厨房里烤点心,什瓦里埃老太太在帮她的忙。在和面板和烤炉之间放着阿梅代小时候的旧摇篮,那里睡着他的黑眼睛儿子。正当安琪莉克兴奋得两颊绯红,满手面粉,停下来向她的娃娃微笑时,艾米·柏格森骑着他那匹母马来到厨房门口,跳下马来。

"梅代在外头地里呢,艾米。"安琪莉克一边穿过厨房跑向烤炉,一边喊。"他今天开始割麦子;附近哪儿麦子先熟就割哪儿。你知道,他买了一架收割台,因为今年的麦子长得特别短。我希望他能租给邻居用,因为价钱可贵啦。他跟表兄弟们合买了一部蒸汽脱粒机。你真该去看看那架收割台干活。我这么忙,要准备这么多人的饭,今天早晨还去看了一个钟头呢。他有好多帮工,可是就他一人知道怎么开那收割台,怎么摆弄那机器,所以到处都同时需要他。他还有病,应该躺在床上的。"

艾米俯身去逗艾克脱·巴布蒂斯特,想法让他眨眨他那黑珠子一样的圆眼睛。"病了吗?你爹爹怎么了,孩子?是你老让他抱着你走来走去吗?"

安琪莉克从鼻子里哼了一声。"没有,咱们可不是这号娃娃!是他爸爸老把巴布蒂斯特吵醒。我一整夜爬起来多少次给他肚子上涂芥末膏。他肚子绞痛得厉害。今天早晨他说他好点了,不过我觉得他不该到地里去受热。"

安琪莉克语气并不太担心,不是因为她漠不关心,而是因为她觉得他们的幸福生活是那样牢靠。像阿梅代这样一个富有而精力旺盛的漂亮青年,摇篮里有一个新生的娃娃,地里有一架新买的收割台,只能碰上好事情。

艾米抚摸着巴布蒂斯特头上的黑茸毛。"我说,安琪莉克,梅代家多少代以前一定有一个曾祖母是印第安女人。这孩子长得跟印第安娃娃一模一样。"

安琪莉克向他做了一个鬼脸,可是什瓦里埃老太太给触到了痛处,她一泻千里地喷出了一连串激烈的法国土话,吓得艾米赶忙逃出厨房骑上他的马。

艾米从马鞍上打开了牧场的门,穿过田野来到放脱粒机的空场,脱粒机由一台固定式发动机带动,由收割台的贮存箱向它输送麦子。阿梅代不在机器旁,于是艾米继续骑到麦地里,在那儿,他认出他朋友的瘦小而结实的身子坐在收割台上,白衬衫让风吹得鼓起来,草帽俏皮地歪戴在头上。六匹高头大马拉着,或者不如说是推着收割台,并肩疾走,由于它们对这项工作还是生手,阿梅代需要花很大力气驾驭它们;特别是在拐角的地方,它们分成三匹一组,然后甩过来又走成一排,动作之复杂,简直像是炮车的轮子。艾米心中对他的朋友升起一阵新的仰慕之情,与此同时也勾起了旧时由妒羡而引起的心痛。他一向羡慕阿梅代能够用自己的力量来完成他双手要做的事,并且不论是什么事,总是认为这是世界上最重要的事。"我得把亚历山德拉带来看看这玩意儿工作的情况,实在漂亮。"

阿梅代看见艾米就向他招手,并且叫他二十个表兄弟之一来接过缰绳。他没让收割台停一下就从那上面跳下来,向艾米跑来,艾米也已下马。"跟我来,"他喊道,"我得过那边去看看那发动机。管理的人是个新手,我得随时盯着点他。"

艾米觉得他脸色红得有点不正常,而且尽管经营一个大农场在关键的时刻需要操心,好像也不至于这么兴奋。当他们一道经过一堆去年的草垛后面时,阿梅代捂着身体的右边,倒在草堆里待了一会儿。

"哎呀,我这里疼死了,艾米,我里头一定有什么地方出了问题,没错。"

艾米摸摸他发烧的脸。"你应该立刻回去睡到床上,然后打电话找医生,梅代!现在马上就该这么做。"

阿梅代挣扎着起来,做了一个无可奈何的手势。"我怎么能呢?我没有时间生病。有价值三千块钱的新机器要管理,而且麦子已经这么熟了,下星期就该掉粒儿了。我的麦子长得很矮,可是颗粒都很饱满。他怎么慢下来了?我猜大概是我们收割台的箱子不够,喂不饱那脱粒机。"

阿梅代急忙穿过麦茬地,跑的时候身子略微向右倾,一面向管机器的打招呼,让他别停机。

艾米看出来现在不是谈他自己的事的时候。于是他骑上马到圣爱格尼斯去向那里的朋友告别。他先去看劳尔·马赛,看见他一面擦着他父亲客厅里的镜子,一面天真地练习着星期日将要举行的盛大的坚信礼上要唱的赞美诗《光荣》。

艾米下午三点钟骑马回家时看见阿梅代的两个表兄弟架着他跟跟跄跄从麦地里走出来。艾米停下来,帮助他们把这小伙子送上床。

五

当晚五点钟弗兰克·沙巴塔下工回家时,老摩西·马赛——劳尔的父亲——打电话给他说阿梅代在麦地里发了急病,只等从汉努威来帮忙的医生一到,巴拉第医生就给他动手术。弗兰克很快地吞下晚饭,在饭桌上留下一句话,就骑马到圣爱格尼斯去了,在那儿马赛家的客厅里大家都怀着同情心讨论阿梅代的病情。

弗兰克一走,麦丽就给亚历山德拉打电话。听到朋友的声音是一种安慰。亚历山德拉说她知道阿梅代的情况,他们把他从麦地里架出来的时候艾米也在场,他一直陪着他,直到五点多钟医生给他开刀——是盲肠炎。他们说恐怕已经太迟了,无能为力了。三天以前就该治的。阿梅代情况很不好。艾米刚回家,累得精疲力尽,身体也不舒服。她给他喝了点白兰地就让他睡觉了。

麦丽挂上了电话。现在她知道了艾米一直在阿梅代身边,可怜的阿梅代的病对她来说又有了新的意义。他们两个也完全可能换个个儿——艾米生病,阿梅代为他而忧伤!麦丽环顾这暮色沉沉的起居室,感到少有的孤寂无告。艾米既然已经睡着了,那连他来的可能都没了;而她也不能到亚历山德拉那儿去找同情。她想等艾米一走就把一切都告诉亚历山德拉,那样,她们之间的一切都是以诚相见了。

可是今晚,她不能留在屋子里。她该到哪儿去呢?她缓缓地穿过果园,黄昏的空气中散发着浓郁的野棉花的香味。野玫瑰的清香已经让位给这更加浓烈的仲夏的香味。凡有这种叫作"玫瑰末"的棉桃挂满乳白色的枝头之处,空气中总是弥漫着它们的气息。西天仍是红的,黄昏星正挂在柏格森家的磨房上空。麦丽跨过麦地一角的藩篱,慢慢地在通向亚历山德拉家的小路上走着。艾米没有来告诉她阿梅代的情况,使她不禁感到伤心。在她看来,他竟然没有来,是很不自然的。如果她遇到了不痛快的事,当然在世界上最想见的人就是他了。也许他希望她懂得,对她说来,他就算已经走了。

麦丽像田野里飞出来的一只白飞蛾一样,在小路上悄悄地、缓缓地徘徊。今后的岁月像土地一样在她前面延伸开去:春、夏、秋、冬、春……;永远是同样的耐心的土地、耐心的小树、耐心的生命;永远是同样的渴求、同样的为挣脱锁链而挣扎——直到求生的本能已经破碎,最后一次流尽鲜血,衰弱下去;直到锁链锁住的已是一个死去的妇人,可以小心地松开她了。麦丽继续走下去,抬头仰望着那遥远的、可望而不可即的黄昏星。

她走到台阶之后,坐下来等着。不能分享你所爱的人的生活,这有多么痛苦!

是的,对她而言,艾米已经走了。他们不能再见面了。他们之间已经没有什么话可说了。他们已经用尽最后一个小钱;剩下的只有金子。互赠爱情信物的日子已经过去,现在能够互相奉献的只有自己的心了。艾米走了,她的生活将会怎样呢?从某一方面说,会容易过一些,她至少不必经常处于恐惧之中。一旦艾米走了,有了固定的工作,她就不会再时刻感到自己是在毁掉他的生活。有了他留给自己的回忆,她可以爱怎么浮躁就怎么浮躁。除了她自己之外,不会给任何人带来坏处;而她自己当然是无所谓的。她自己的情况是清楚的。一个姑娘先爱了一个人,在那个人还活着的时候又爱上别人,谁都知道该怎么看她。她自己的遭遇无足轻重,只要她不把别人一起拉下水就行了。只要艾米一走,她就可以放弃一切,自己在完美的爱情中过一种新生活。

麦丽勉强起身离开台阶。她毕竟还是以为他会来的。她对自己说,他现在睡着了,她应该多高兴。她离开小路,穿过牧场。今夜几乎是满月。田野不知什么地方有一只猫头鹰在叫着。她还没有意识到自己是往哪里走时,面前闪起了池塘的亮光,就是艾米打野鸭的地方。她停下来看看这池塘。是的,要是你自愿选择的话,也可以有一种摆脱生活的肮脏的办法。但是她不愿意死。她愿意活下去,做自己的梦——一百年,直到永久!只要这点柔情常在心头,只要胸中还容得下这痛苦的宝藏!如果池塘有知,它怀抱着月亮同那金色的影像一同涨落时的感觉大约就同她此刻的感觉一样。

早起艾米走下楼梯时,亚历山德拉在起居室迎候,伸出两手搭在他的肩上。"艾米,天一亮我就去你屋子了,可你睡得很香,我不忍心叫醒你。没你什么事可干,就让你睡下去了。圣爱格尼斯那边打来电话,说阿梅代凌晨三点钟去世了。"

六

教会一向主张,生活是为生者而存在的。星期六,正当圣爱格尼斯村子一半人在为阿梅代哀悼,用黑色为他星期一的葬礼作准备时,另外一半人却忙于准备着明天坚信礼的白衣衫、白面纱。明天,主教将为一班男孩子和女孩子主持坚信礼。杜什涅神父把自己的时间在死者和生者之间平分。星期六一整天,教堂里一直忙碌而热闹,不过出于对阿梅代的思念,大家都压低了声音。合唱团为这一场合忙于练习一首罗西尼的歌曲。妇女们在装饰祭台,孩子们帮着运花。

星期日早晨,主教要从汉努威赶着马车直奔圣爱格尼斯。一支由四十个法国小伙子组成的马队将要穿过村子去迎接主教的马车。艾米·柏格森应邀代替阿梅代的二十个表亲中的一个参加这支骑士队伍。星期日早晨,小伙子们在教堂前集合,他们拉着缰绳站在那里低声谈论着死去的伙伴。他们一个劲儿地说阿梅代一直都是好样儿的,一边瞥着那在阿梅代的生活中起过这么重要作用的红砖教堂,阿梅代最严肃的时刻和最幸福的时光都在这里度过。他曾经在教堂的影子下嬉戏、摔跤、歌唱、谈恋爱。三个星期之前他还骄傲地抱着他的娃娃来行命名礼。他们毫不怀疑,那只看不见的手臂现在还在阿梅代身边;他通过尘世间的教堂到达了千百年来"望"和"信"的最终目标——凯旋堂。

一声上马令下,年轻人都骑上马缓步走出村庄;但是一旦出了村子,来到晨光普照的麦地,他们都收不住自己的马,也控制不住自己火样的青春热情奔放。他们渴望做一次向耶路撒冷朝圣之行。他们经过之处,奔腾的马蹄声打断了多少人家的早餐,把多少农家妇女儿童吸引到门口来。在圣爱格尼斯村以东五英里处,他们迎上了主教,他坐在敞篷马车里,由两名传教士陪伴。小伙子们像一个人一样齐刷刷用一个大幅度的动作脱帽致敬,并低下头来,让这端庄的老人举起两个手指,施以主教的祝福。骑士们像卫队一样向马车靠拢。每当有一匹马不听话冲到队伍前头时,主教就搓着两只胖乎乎的手笑起来,向传教士们说:

· 啊,拓荒者! ·

"多好的小伙子!我们教会仍旧有自己的骑兵。"

当队伍经过离村半里地的墓地时——教区的第一座教堂就是盖在这里的——老比埃·塞甘已经拿着镐和铁锹在那里掘阿梅代的墓穴了。主教经过时他脱帽下跪。小伙子们的目光不约而同地离开老比埃,转向山上的红色教堂,金色的十字架在尖顶上发出火焰一般的光芒。

弥撒定在十一点钟举行。当教堂逐渐坐满人时,艾米·柏格森站在门外望着驶上山来的大大小小的马车。钟声响起之后,他看见弗兰克·沙巴塔骑着马上山来,并把马拴在桩子上。那么,麦丽今天是不来了。艾米转身进入教堂。阿梅代的座位是惟一的空位子,他就去坐在那里。阿梅代的表兄弟有几个穿着黑色丧服在那里哭泣。所有的座位都满了,老人和孩子们就挤着跪在后面的空地上。镇上几乎家家都有孩子在今天举行坚信礼的这一班上,至少有一个亲戚。领圣餐的少年们列队进来坐到给他们留着的位子上,那一张张清秀、虔诚的脸看上去真是美极了。在弥撒开始之前,气氛已经很感人。唱诗班从来没有唱得那么好过,劳尔·马赛唱《光荣之歌》时连主教的眼光都给吸引到了风琴边。在奉献仪式时他唱古诺①作曲的《万福玛利亚》——这是圣爱格尼斯村里最脍炙人口的一支曲子。

艾米开始用种种关于麦丽的问题折磨自己。她病了吗?她跟丈夫吵架了吗?她是不是太难过了,连在这里都得不到安慰?也许她以为他会去找她的?她是在等他吗?过度的兴奋和过度的忧伤使他身心都陶醉在这宗教仪式之中。他听劳尔唱歌时感到好像是从那把自己弄得晕头转向、精疲力尽的感情冲突中解脱出来。他觉得好像脑海中出现一道亮光,同时产生了一种信念:善总是比恶更强,人是能够向善的。他似乎发现有一种令人陶醉的境界,在那里面他可以不失足、不犯罪地永远爱下去。他平静地越过人头看着弗兰克·沙巴塔。这种令人陶醉的境界是只有能体会的人才能享受的,对于不能体会的人是不存在的。沙巴塔所拥有的一切,他都不眼红。他在音乐中遇到的灵魂是他自己的。弗兰克·沙巴塔从来没有找

---

① 十九世纪法国著名作曲家。他所谱曲的《万福玛利亚》传唱最广。

到过;他就是在它身边生活一千年,也不会找到的;要是找到了,他也会把它毁掉,就像希洛德大帝①屠杀无辜,就像罗马人杀害殉教者一样。

圣——母玛利——亚,

劳尔的歌声如哀鸣,从厢楼的风琴边传来:

为——您而祈——祷!

艾米没有去想,以前曾否有人这样理论过,也不知曾否有人从音乐中得到过这样一种朦胧的启示。

坚信礼之后紧接着就是弥撒。结束之后,会友们一齐拥到刚成为正式教徒的孩子周围,女孩子,甚至男孩子们都受到亲吻、拥抱,身上给泪水沾湿了。所有的姑妈、祖母们都高兴得哭起来。家庭主妇们好不容易从这欢庆的场面脱身,急忙跑回家去下厨房。外村来的本教区居民都留在镇上吃午饭。这一天,圣爱格尼斯差不多家家户户都招待客人。杜什涅神父、主教和外来的传教士们都在银行家法边·索瓦日家吃饭。艾米和弗兰克·沙巴塔到老摩西·马赛家做客。午饭过后,

---

① 公元一世纪时犹太国王,以杀害无辜著称。

弗兰克和老摩西到客厅的后间去打加利福尼亚杰克,并且喝白兰地,艾米就陪劳尔到银行家的家里去,因为主教请劳尔去唱歌。

到下午三点钟,艾米觉得再也待不下去了。于是他在《圣城》歌声的掩护下溜走,到马厩去找他的马。玛尔维娜空自怅惘地目送他走。他正处于极度兴奋的状态,似乎一切距离都缩短了,似乎生命既短暂又简单,死亡离得那样近,而灵魂则像雄鹰一样高翔入云。他骑马走过墓地时看了一眼阿梅代将要在里面安睡的黑洞,也不觉得有什么害怕。他觉得这通向忘却的朴素的门洞也是美的。当心脏过分活跃时,它会因渴求那褐色的土地而发痛,一个人处于狂热境界时是不怕死的。那黑洞只会使老迈、潦倒、四肢残缺的人畏缩不前;而年轻、热情、豪侠之士的行列中却不乏它的追求者。艾米直到走过墓地之后,才意识到他正在向哪里走去。该是告别的时候了。这也许是他最后一次单独同她会面了,而今天,他能够毫无怨尤地离她而去。

处处都是熟透的庄稼,炎热的下午弥漫着麦子熟了的香气,就像烤炉里的面包香一样。麦子

· 啊,拓荒者! ·

的气息和三叶草的甜香在他身边飘过,好似梦境里赏心悦目的事物。他此时除了距离正在缩短的感觉之外,什么也感觉不到。他觉得坐下的马像是在飞腾,或是像火车一样在轮子上滑动。阳光在硕大、红色的谷仓的玻璃窗上闪耀,使他欣喜若狂。他像离弦的箭一样向前冲去。他的生命沿途倾泻在奔向沙巴塔家农场的道路上。

当艾米在沙巴塔家下马时,他的马已是汗涔涔的。他在马厩里拴好马,急忙进屋去。屋子是空的。她也许在希勒太太家,或是去找亚历山德拉了。不过,只要看到果园、桑树……任何足以睹物思人的东西也就满足了。当他走进果园时,夕阳已经低坠在麦地上,长条的光线透过苹果枝伸进来,像透过一张网;果园里金光荡漾;光才是现实世界,而树木不过是用来反映和折射光线的间隔物。艾米轻轻地穿过樱桃树走向麦地,当他走到那个角落时,突然止步,用手掩住口。麦丽正侧身睡在白桑树下,脸半藏在草丛中,闭着眼睛,双手无力地随意放着。她已经在自己完美无缺的爱之中过了一天新生活,现在就处于这样的状态。她的胸脯微微起伏,好像睡着了一样。艾米扑倒在她身旁,把她抱在怀里。她的双颊恢复了红润,她慢慢睁开琥珀一般的眼睛,艾米在那里面照见了自己的脸,还有果园和太阳。"我正梦到这情景,"她悄声说道,把脸藏在他的怀里,"别抢走我的梦!"

七

那天晚上弗兰克·沙巴塔回到家,在马厩里发现艾米的马。他对这样肆无忌惮的行为感到惊愕。弗兰克和大家一样,也度过了兴奋的一天。他从中午开始,酒已经喝得太多,正是脾气很坏的时候。他一面拴马,一面恨恨然自言自语,等他走上小路,发现屋子里一片漆黑时,更加感到自己受了伤害。他轻轻走近房子,在门口听了一忽儿,没听见什么动静,就打开厨房门,蹑手蹑脚地从一间屋子走到另一间屋子,然后再楼上楼下重新找一遍,还是没有结果。他在楼梯最底层坐下来,努力使自己思想集中起来。周围异乎寻常地寂静,没有任何声音,只有他自己沉重的呼吸声。突然,一只猫头鹰在麦地里噪叫。弗兰克抬起头来。他脑中闪过一个念头,那种受到伤害而狂怒的感觉更加强烈了。他走进卧室,从壁橱里拿出他的杀人凶器温彻斯特405。

当弗兰克拿着枪走出屋子时,根本不知道要拿它干什么。他并不相信他真的有什么冤仇。但是把自己想成一个绝望的人使他感到满足。他已经习惯于总是看着自己陷于绝境。他郁郁寡欢的气质像一只笼子,使他无法冲出去;他觉得一定是别人,特别是他妻子把他关在里面的。他从来没有想到过是他自己作茧自缚。尽管他拿起枪来时脑子里想着种种阴暗的计划,可是如果他知道有丝毫可能付诸实施的话,是会给吓瘫了的。

弗兰克慢慢走到通向果园的栅栏门口,站在那里出了一会儿神。他接着走下去,在仓库和干草垛里找了找,然后走到外面大路上,沿着紧靠篱笆的人行道走。篱笆有两个弗兰克那么高,而且很密,只有扒着叶子窥视,才能望见里面。他可以望见月光下很长一段小路。他的心思早到了阶梯前,过去总以为这是艾米·柏格森常往之地。可他为什么离开马匹呢?

在麦田角,弗兰克站住了,果园篱笆在这里没了,一条小道穿过草地通往柏格森家。在那阒无人声的温暖的空气里,他听到一阵喃喃细语声,完全听不清楚是什么,就像既没有落差,也不遇到石头的幽咽流泉的声音。弗兰克竖起了耳朵,声音停止了。他屏住呼吸,开始发抖。他把枪托放在地上,用手指轻轻拨开桑叶,透过篱笆望见草地上桑树阴下的两条黑影。他觉得他们似乎感觉到了他的目光,听到了他的呼吸,但是他们没有。弗兰克一向是故意把事情看得比实际更阴暗的,这回却是难得的一次宁愿相信事情并不像自己亲眼所见的那么坏。躲在那里的那个女人也很可能是柏格森家的一个女工……那像流泉一般的声音又出现了,这回他听得更清楚一些。他浑身血涌上来,什么也来不及想,立刻行动起来,就像一个掉在火里的人那样行动起来。枪一下子跳到他肩上,他机械地瞄准,一刻不停地连放三枪,然后自己也莫名其妙地停了下来。他放枪的时候要么是闭上了眼睛,要么是头昏眼花了,反正什么也没有看见。他觉得好像第二声枪响的同时听到一声叫喊,但是不能肯定。他再一次从篱笆缝隙中望进去,看看树下的两条黑影。他们已经分开了一点,一动也不动——不对,不完全是这样;在月亮穿过树枝投进来的一束白光里,有一只男人的手痉挛地抓着地上的草。

突然,那个女人动起来了,发出一声叫喊,接着一声又一声。她还活着!她正在向篱笆这边爬过来!弗兰克丢下枪沿着小路往回跑,跟跟跄跄,气喘吁吁。这样的恐怖是他从来没有想象过的。喊叫声一直跟着他,逐渐减弱、变粗,似乎她噎住了。他在篱笆边跪下来,像兔子一样蹲着,听着:声音越来越弱;一声呜咽;又一声——一声呻吟;又一声;然后是静默。弗兰克挣扎着爬起来继续向前跑,一边咕哝着,做着祷告。他出于习惯,一口气跑向他的房子,过去当他拚命劳动一天后,经常在这里得到抚慰,但是一看到那漆黑、洞开的门口,他就缩回去了。他知道他杀了人,还有一个女人在果园里流血、呻吟,但是在这以前他还没有意识到那就是他的妻子。现在,房子的大门直瞪着他。他两手捧着头。到哪里去呢?他仰起痛苦的脸,望着天上:"圣母啊,别让她受罪!她是个好姑娘——别让她受罪!"

弗兰克过去惯于想见自己处于各种戏剧性的

环境之中;可是现在,当他站在仓库与住房之间明亮的空地上的磨房旁边,面对着漆黑的门口时,他根本看不见他自己。他像一只被猎狗包围拢来的兔子那样站着。他也像兔子一样在那片空地上来回跑着,最后才下决心到黑暗的马厩里去拉一匹马。一想到要走进一个门口,就使他害怕。他抓住艾米的马的嚼头就把它拉了出来。就是找到自己的马,他也拴不上缰绳了。他试了两三次才跳上马鞍,向汉努威跑去,如果能赶上一点钟的火车,他身边的钱够到俄克拉荷马的。

他一面用他比较迟钝的那部分脑子想着这些,同时他的更加敏感的感官却在一遍一遍地重温他在果园听到的叫声。只是出于恐惧,他才没有回到她那里去。他害怕她仍旧是她,害怕她还在受罪。一个女人在他的果园里受到了残害,正在流血——正因为是一个女人,他才那么害怕。他简直没法想象,他伤害了一个女人。看她在果园里地上爬着的样子,他宁可自己让野兽吃了。她怎么那么不谨慎呢?她是知道他发起火来像疯子一样的。当他跟别人发火时她曾不止一次把那支枪从他手里抢走,自己拿着。有一次他们两人抢枪时还走了火。她从来不害怕。可是,既然她知道他的脾气,为什么不小心一点呢?她还有整整一夏天可以去爱艾米·柏格森,何必冒这个风险呢?也许她跟那个长工斯默卡也在果园那个地方幽会过了。他不在乎。她可以跟"分界线"所有的男人在那个地方幽会,欢迎之至;只要她不给他带来这样大的恐惧。

弗兰克心目中出现了一个荡妇的形象。他内心深处并不相信她是那种人。他知道他冤枉了她。他停下马来直截了当向自己承认这一点,设法把事情想清楚。他知道应该怪自己。三年来,他一直在故意败她的兴。她老是能够对他认为是装腔作势、自作多情的事物安之若素。他希望他的妻子为他在这些愚蠢而不知好歹的人中间虚度年华而怨天尤人;但是她似乎觉得这里的人满不错的。如果他一旦发了财,他一定要给她买漂亮衣服,带她坐着有卧铺的火车到加利福尼亚去,待她殷勤周到,可是在目前,他要她和他同样地感到生活又丑恶,又不公平。于是他想方设法使她的生活变丑。他拒绝和她分享她那么着意为自己安排的小小的乐趣。她可以为最微不足道的东西而快活起来,只是她非得快活不可!当她最初来到他身边时,对他是那么信任,那么爱慕——弗兰克用拳头狠狠打了一下马。为什么麦丽亚要让他干出这样的事来呢?为什么她把这样的事搞到他头上呢?他被这令人作呕的厄运压垮了。忽然,他又听到了她的叫声——他刚才暂时忘记了一会儿。"麦丽亚,"他大声抽泣着,"麦丽亚!"

弗兰克往汉努威去的中途,由于马上颠动,感到一阵强烈的恶心。等这一阵过去之后,他继续向前走,但是已经什么也不能想了,只想到自己身体的虚弱,渴望得到妻子的安慰。他多想躺到自己的床上。假如他妻子现在在家的话,他一定会掉转马头,温顺地回到她的身边。

八

第二天早晨四点钟,老艾弗从他的阁楼上爬下来,一下子撞上了艾米的母马,精疲力尽,浑身汗渍,缰绳也断了,正在嚼着马厩外面散落的干草。老人立即惊恐万状。他把马牵进马棚里,扔给它一捆燕麦,然后尽他两条罗圈腿所能,赶快跑

· 啊,拓荒者! ·

到最近的邻居家。

"那孩子一定出事了,大祸降临到我们头上了。他神志清醒时决不会把马骑成这样的,他从来不虐待他的马的。"老人一路咕哝着,光脚在潮湿的牧草上跑过。

当艾弗急急忙忙穿过田野时,早晨最初的阳光已经从果园树枝的缝隙射到两个为露水浸湿了的身影上。发生的故事清楚地印在果园的草地上,还有夜里掉下来的白桑葚也染成了深颜色。对艾米来说,这一章很短。他给打中了心脏,翻身仰卧死去。他脸向着天,眉头皱起,好像意识到什么事情降临到了他头上。可是麦丽·沙巴塔却没那么轻松。有一颗子弹打穿了她的肺,另外一颗打破了颈动脉。她一定是跳起来向篱笆走去,留下一行血迹,在篱笆边倒下,流血。从那片血开始又有另一行血迹,比第一行深,想必是她爬回到艾米身边留下的。爬到之后,她看来没有再挣扎,抬起头来躺到爱人的胸口,双手捧着他的手,然后静静地流血至死。她自然地右侧身躺着,脸靠在艾米的肩上。脸上有一种不可磨灭的心满意足的表情。她嘴唇略略分开,眼睛微微闭着,好像是在白日做梦,或是轻轻睡去。她在那里躺下之后,好像连眼睫毛也没有动过一下。她握住的那只手布满了深色的血迹,那是她吻过的地方。

但是,血迹斑斑、滑腻的草地和染黑了的桑葚还只讲了故事的一半。在麦丽和艾米的上空有两只从弗兰克的苜蓿地里飞出来的白蝴蝶翩翩起舞,忽下,忽上,忽聚,忽散;在篱笆边的草丛中,今年最后的野玫瑰张开了粉红的花心而死去。

当艾弗通过小路走到近篱笆处时,看见弗兰克的枪横在那里。他转身从树枝缝隙中向里面一望,双腿好像给锯掉了半截一样,跪倒在地。"仁慈的上帝!"他呻吟着,"仁慈、仁慈的上帝啊!"

亚历山德拉那天也因为担心艾米而起得很早。她正在楼上艾米的房间里,从窗口看见艾弗沿着同沙巴塔家相通的小路往回跑。他跑得像一个力不能支的人,跌跌撞撞,摇摇晃晃。艾弗是从来不喝酒的,亚历山德拉立刻想到,他大概又是中了邪,这回看来挺厉害。她赶快跑下楼去迎他,想挡住他,不让家里其他人看到他虚弱的样子。老人在路旁倒在她的脚下,抓住她的手,低下他蓬松的头。"小姐,小姐,"他抽噎着,"大祸降临了!罪孽和死亡降临到了年轻人身上!上帝饶恕我们吧!"

第五部 亚历山德拉

一

艾弗坐在仓库里一张修鞋匠的长凳上,就着灯笼的光修理马辕,一遍又一遍地背着第101首赞美诗。这是十月中旬的一天,不过是下午五点钟,可是下午来了一场暴风雨,乌云满天,冷风伴着大雨倾盆而下。老人穿着他的水牛皮外衣,不时停下工作,在灯上暖暖手指头。突然,一个女人冲进来,像是给风吹进来的,还带进来一阵雨点。那是西格娜,穿着一件男人的大衣,鞋子外面套着靴子。在家里遭难的时候,西格娜回来陪小姐住,因为在那些姑娘中,亚历山德拉只肯接受她的服侍。自从沙巴塔家发生的可怕事件开始像燎原之火一样在"分界线"传开去以来,已经三个月了。西格娜和奈尔斯准备在亚历山德拉家一直住到冬天。

"艾弗,"西格娜一边喊着,一边擦掉脸上的雨水,"你知道她上哪儿去了吗?"

老人放下皮匠刀。"谁?是小姐吗?"

"是啊。她大约下午三点钟出去的。我正好向窗外望望,看见她穿着一件薄衣裳,戴着草帽穿过地里。现在来了这场暴雨,我以为她到希勒太太家去了。雷一停我就往那儿打电话,可是她不在。我怕她一直在外面什么地方待着,要冻死啦!"

艾弗戴上帽子,拿起灯,"好,好,咱们瞧瞧,我把那孩子的马套上车,出去看看。"

西格娜跟着他穿过车棚到马厩。她又冷又激动,一个劲儿地哆嗦。"你觉得她会在哪儿,艾弗?"

老人小心地从架子上拿起一副马具。"我怎么会知道?"

"可是你想她大概在坟地,是吗?"西格娜坚持问道。"我也是这么想。喔,我真希望她能恢复老样子!我简直不能想象亚历山德拉·柏格森会落到这个样子,什么都不会想了。什么时候吃饭,什么时候睡觉,都得我告诉她。"

"要耐心,耐心,姑娘。"艾弗一面把嚼头放进马嘴里,一面咕哝着。"当肉体的眼睛闭上的时候,灵魂的眼睛是睁开的。她会从死者那里得到信息,那样就会使她平静下来。在这之前,我们就得一直对她耐心。只有你跟我两个人对她能有点影响,她信任我们。"

"这三个月过得多可怕呀。"西格娜给他举着灯,好让他扣上皮带。"让我们都这么倒霉是不应该的,为什么我们都要受惩罚呢?我觉得好像好日子再也不会来了。"

艾弗以一声长叹来表达自己的意思,什么也没说。他俯身拿掉脚趾缝里的一团沙子。

"艾弗,"西格娜突然问道,"你能不能告诉我你为什么光脚?我住在这儿的时候一直想问你。是为赎罪,还是为什么?"

"不是,姑娘。是为了放纵自己的身体。从青年时代起,我就有一个有叛逆性格的健壮身体,受过各种各样的诱惑。就在上了年纪之后,那些诱惑还延续下来。需要有个地方松快一下。据我理解,脚是人身上的自由部分。'十诫'里对脚并没有设下清规戒律。我们奉诫对手、舌、眼、心,所有这些人体的欲望都要予以压制;可是脚是自由的。我放纵它们,伤害不着任何人,在我有卑鄙的欲望的时候,我甚至往脏地里踩。很快又会干净的。"

西格娜没有笑。她带着若有所思的神情,跟着艾弗出去,走到车棚,给他抬起车辕,艾弗把马退着赶进去,拴好绳扣。"你一直是小姐的好朋友,艾弗。"她低声说。

"还有你,上帝保佑你。"艾弗答道。他爬进车里,把灯放在油布灯罩下面。"现在,到水里泡一会儿吧,我的姑娘。"他向那匹母马说,同时拿起缰绳。

他们从车棚里出来的时候,棚顶上流下一股水,打在马脖子上。它生气地甩了一下头,然后勇敢地踏上松软的土地,在爬过小山走上大路时滑得不断地打趔趄。天黑,雨又密,艾弗很难看见什么,于是他就放松缰绳,让艾米的马自己走,只不过掌握它的头总是向着正确的方向。走上平地之后,他就把它赶出泥路,走到硬土路上,这样它就可以小跑步,不至于打滑了。

艾弗还没有走到离家三里地的坟地之前,暴风雨的势头已经过去,倾盆大雨只剩下霏霏细雨。天、地都是黑烟色,好像正要相汇合的两股波浪。当艾弗停在门口,把灯擎出去时,一个白色的身影从约翰·柏格森的墓碑旁站了起来。

老人跳到地上,拖着步子走向门口,叫唤着:"小姐,小姐!"

亚历山德拉赶忙迎上来,把手放在他的肩上。"是你!艾弗。没事儿,不用担心。让你们大家着急,真对不起。我起先没注意暴风雨要来,雨下到我身上才发觉,那时已经不能顶风走回去了。你来了我真高兴。我累极了,正不知道怎么走回去呢。"

艾弗把灯提起来照着她的脸。"天哪,小姐!您真够吓人的。您简直像个让水淹了的女人,您怎么能干这样的事呢?"

他一边嘟嘟囔囔地埋怨着,一边把她领出大门,扶她坐进车里,把他原来坐着的干毯子给她裹起来。

亚历山德拉看他这样关怀备至,笑了。"这样做没有多大用处的,艾弗,倒反而把潮气都捂在里面了。我现在不觉得太冷,只觉得头重,身子发麻。你来了我真高兴。"

艾弗拨转马头,赶着马小跑步回去,马蹄不断地向后溅起泥浆。

他们在风暴后灰暗的暮色中跑着,亚历山德拉向老人说,"艾弗,我想我像今天这样从里到外冻一下有好处。我想我以后不会再那么痛苦了。当你离死人这么近的时候,他们好像比活人还真实。世俗的念头都离开了我。自从艾米死去之后,每当下雨天我都特别难过。现在我在外面同他一起淋了雨,就不再怕雨了。在你一旦从里到外冷透了之后,雨淋在身上的感觉反而是甜蜜的,让人回想起当娃娃时候的感觉。它把你带回到还没有出生之前的混沌黑暗之中;你什么也看不见,可是不知怎,外界的事物向你靠过来,你认识它们,不感到害怕。也许死人就是这样的。如果他们有知觉的话,他们感受到的是出生之前的那些事物给他们的安慰,就像小时候睡过的床给人的那种安慰。"

"小姐,"艾弗用责备的口气说,"这是些坏念头,死人都上天堂了。"

然后他低下头去,因为他不相信艾米是上了天堂。

他们到家的时候,西格娜已经在起居室里生起一炉火。她给亚历山德拉脱下衣服,用热水烫了脚,与此同时,艾弗在厨房煮姜茶。亚历山德拉盖得暖暖的上床之后,艾弗走进来,看着她把茶喝下去。西格娜取得允许,睡在她房门外的躺椅上。亚历山德拉耐心地忍受着他们的关照,不过他们终于熄了灯留下她一个人的时候,她很高兴。她独自一个躺在黑暗中,生平第一次想到,也许她对生活厌倦了。生活中的一切体力活动似乎都很艰难、痛苦。她渴望摆脱自己那疼痛而沉重的身体。而渴望本身也是沉重的,她祈求连这也摆脱掉。

就在她这样闭目静卧的时候,再次出现了少女时代的幻觉,这次比多年以来更加鲜明——感到有一个强有力的人把她举起来,抬走。这次他同她在一起的时间很长,把她带得很远,在他的怀抱里,她不再感到疼痛。当他再把她放到床上时,她睁开了眼睛。这回,平生第一次,她看见他了,而且看得很清楚,尽管屋里是黑的,而且他的脸蒙着。他站在房门口,白衣服掀起来盖着脸,头略微向前低着。他的两肩像世界的基石那么强有力。他的右臂裸露到肘部,像青铜一样,深沉发亮。她立刻认出来这只胳膊是属于所有的爱人中最全能的那一个的。她终于知道她在等待谁,他会把她带到哪里去。她对自己说,这样才好。于是入睡了。

第二天亚历山德拉醒来时除了重伤风和肩膀僵硬之外没有什么严重的病。她在床上躺了几天,就在这几天中,她作出了决定,要到林肯地方去探望弗兰克·沙巴塔。自从她最后一次在法庭上看见他以来,弗兰克憔悴的脸色和失神的眼睛一直缠绕着她。审判只进行了三天。弗兰克自己到奥马哈的警察局去投了案,承认犯了杀人罪,不过不是蓄谋,也没有恶意。但是那支枪当然是对他不利的证据。法官判了他重刑——十年。他现在已经在州反省院关了一个月了。

亚历山德拉想,现在只有对弗兰克还能作些补救。他比谁的错都少,可是他现在正在受到最大的惩罚。她常常觉得在这件事上自己比可怜的沙巴塔过错还多一点。自从沙巴塔夫妇搬来同她作邻居之后,她没放过任何机会让麦丽和艾米在一起。她知道弗兰克不高兴为他妻子做一些小事,便经常派艾米去为麦丽锄地,栽树,或是做木工活儿。她愿意让艾米尽量多去找像他们邻居那样聪明、受过城市教养的姑娘;她注意到他因此而举止有所改进。她知道艾米喜欢麦丽,但是她从来没想到过艾米的感情可能跟她自己的不一样。她现在自己都觉得奇怪,但是她从来没有考虑过这方面的危险。要是麦丽没结过婚,那当然!那她一定会睁大了眼睛注意着。但是,对亚历山德拉来说,只要她结过婚,一切就都没问题了。她美丽,热情冲动,只比艾米大两岁,这些事实对亚历山德拉都不起作用。艾米是个好孩子,只有坏孩子才去追结过婚的女人。

现在,亚历山德拉能够在某种程度上意识到麦丽毕竟是麦丽,不仅仅是一个"结过婚的女人"而已。有时当亚历山德拉想起她来时,常怀着一种痛心的柔情。那天早晨她一走到果园里他们两人跟前,一切就都明白了。这两人躺在草地上的神态,麦丽把脸靠在艾米肩上的姿势,向她说明了一切。她于是反而奇怪,他们两人怎能不相爱,她怎么竟然不知道他们一定会相爱。艾米那眉头紧蹙的冷峻的脸,麦丽心满意足的表情——使亚历山德拉即使在最初震惊之余,也对他们产生一种敬畏的心情。

亚历山德拉卧床这些日子身心都得到了放松和休息,使她能够更加冷静地思考,这是艾米死去以来她还没有做过的。她想,在他们惨遭不幸的朋友圈子里,她和弗兰克算是劫后余生了。她一定要去看看弗兰克·沙巴塔。就在法庭审判时,她已经为他感到痛心。他居处异乡,无亲无友,一刹那间,把自己一生给毁了。她感觉到,像弗兰克这样脾性的人在那种情况下不可能不这么做。她对他的所作所为比对麦丽的更能谅解。对,她一定得到林肯去看弗兰克·沙巴塔。

艾米下葬的第二天,亚历山德拉写了一封信给卡尔·林斯特伦姆;只有一页纸,简单说明发生的事。她不是那种能够长篇大论地写这样一件事情的人;至于她自己的感情,她从来不会自如地表达。她知道卡尔正深入内地勘探,离有邮局的地方很远。他开始出发前曾写信告诉她要去的地方,但是她对阿拉斯加的概念很模糊。几个星期过去,她没到卡尔一点回音,她觉得自己对卡尔的心也硬了起来。她开始想,也许最好还是独自一人了此余生。今后如何,似乎都无所谓了。

二

十月里一个晴朗的下午,亚历山德拉·柏格森穿着一身黑,戴着旅行帽,在林肯的柏林顿车站下车,驱车前往林德尔旅馆。她两年前来参加艾米的毕业典礼时就住在这里。亚历山德拉尽管外表像往常一样泰然自若,其实她在旅馆这种地方总是很不自在的,所以她到柜台登记时看到大厅里没有多少人,感到松了一口气。她很早就戴着帽子,穿着黑上衣,拿着她的手提包下楼到餐厅去吃晚饭,饭后出去散个步。

当她走到大学校园时天已暗下来。她没有走进操场去,而是在长条铁栅栏外的石路上来回走着,望着里面从一幢校舍跑到另一幢校舍的青年们,望着从图书馆和训练场照过来的灯光。有一

· 啊,拓荒者! ·

排学员在军械库后面的训练场上操练,年轻军官的口令有节奏地响着,喊得又快,声音又尖,亚历山德拉完全听不懂。两个高大结实的姑娘从图书馆出来,下了台阶,走出铁门。她们经过亚历山德拉身旁时,她高兴地听见她们两个讲的是波希米亚话。每隔一会儿,就有一个小伙子沿着石板路跑过来,冲到街上,好像要向全世界宣布什么奇迹。亚历山德拉对他们大家都怀着一种慈爱的感情。她希望其中有人会停下来同她说说话,她希望能问问他们认不认得艾米。

当她在南校门徘徊时,她的确碰到了这样一个男孩子。他戴着训练帽,用一条长带子捆着书,一甩一甩地走着。这时天已黑了,他没看见她,同她撞了个满怀。他赶忙脱帽,光着脑袋站在那里,气喘吁吁地说,"太对不起了。"他的声音清亮,略微向上挑,好像期待她说些什么。

"喔,是我的错,"亚历山德拉恳切地说,"请问你是这里的老同学吗?"

"不是,夫人。我是一年级新生,刚从农场来的,切利县人。您是在找什么人吗?"

"不,谢谢你。我是——"亚历山德拉想多留他一会儿。"我是想找我弟弟的朋友。他两年前毕业的。"

"那您得试试高年级的学生了。让我想想看;我还不认识什么人呢,不过他们一定有人在图书馆的。就是那所红房子,在那儿。"他用手指了指。

"谢谢你,我试试看吧。"亚历山德拉流连不忍离去。

"那好!晚安。"那青年把帽子往头上一拍,径自向第十一街跑去了。亚历山德拉依依不舍地望着他的背影。

她走回旅馆,莫名其妙地感到宽慰。"那孩子声音多好听啊,他多有礼貌。我知道艾米对妇女从来都是这样的。"当她换上睡衣,就着电灯光梳她那浓密的长发时,又想起他来了,自言自语道,"我好像还没有听到过那么好听的声音。希望他在那里好好过下去。切利县,就是那个草料特别精细的地方,那儿的小狼能在地上刨坑饮水。"

第二天早晨九点钟亚历山德拉出现在州反省院的看守长办公室。看守长是个德国人,红光满面，心情愉快的样子，过去是做马具的。亚历山德拉带着一封汉努威的德国银行家给他的介绍信。施瓦兹先生看了一眼介绍信之后，就把烟斗放在一旁。

"就是那个大个子波希米亚人是吧？不错，他过得挺好的。"施瓦兹先生愉快地说。

"我很高兴听到这情况。我本来怕他爱吵架，给自己惹出更多麻烦来。施瓦兹先生，如果您有时间，我想同你谈谈弗兰克·沙巴塔的情况，以及我关心他的理由。"

看守长友好地听她简短地讲述弗兰克的历史和性格，但是他好像没觉得这有什么不寻常的。

"我一定注意他。我们会好好关照他的。"他说着站起身来。"您可以在这里同他谈话，我去看看厨房的情况。我派人去叫他来。他现在大概已经打扫完了他的牢房了。您知道，我们得保持牢房清洁。"

看守长在门口停下，回过头来跟坐在角落里一张办公桌旁，正在一本大账簿上写字的一个穿着囚衣、脸色苍白的年轻人说：

"柏蒂，当一〇三七号给带进来时，你就出

去,让这位女士有机会跟他谈谈。"

年轻人点点头,继续低头写他的账簿。

施瓦兹先生出去之后,亚历山德拉神经质地把一块黑边手帕塞进手提包里。她坐街车来这里时,完全没有想到过会害怕见弗兰克。可是自从她到这里以后,走廊里的声音和气味,看守长办公室的玻璃门外经过的穿着囚衣的人的样子,都使她感到不好受。

看守长的表滴答响着,年轻犯人在大本子里沙沙地写着,每隔一会儿,他的瘦削的肩头就因抑制不住的咳嗽而颤动一下。一眼就可以看出来他是个病人。亚历山德拉偷眼瞧着他,但是他一次也没有抬起过眼来。他在条子上衣里面穿着一件白衬衫,戴着高领子,一根系得很仔细的领带。他的手又瘦又白,修剪整齐,小手指上有一圈印记。当他听见走廊里脚步声逐渐走近时,就站起身来,合上本子,把笔插在笔架上,眼皮也不抬地走了出去。通过他打开的门口,一个看守带着弗兰克·沙巴塔走了进来。

"您就是那位要跟一〇三七号谈话的小姐吗?他来了。现在,你要老实着点儿。您可以坐

· 啊,拓荒者! ·

下的,小姐,"他见亚历山德拉一直站着,就这样说,"等你们谈完之后,请按一下那个白电钮,我就会来的。"

看守出去后,屋里就剩下亚历山德拉和弗兰克两人。

亚历山德拉努力不去看他那可怕的衣服。她努力直接望着他的脸,而这张脸她简直不能相信就是他的:已经完全变成灰白色,嘴唇没有血色,那一口白牙已经发黄。他阴沉地望着亚历山德拉,像是刚从光线黑暗的地方来的那样眨着眼睛,有一条眉毛不断地抽搐着。她立刻感觉出来,这次谈话对他是一次痛苦的刑罚。他剃光的头使他头形毕露,给人一种罪犯的形象,这是他在法庭上受审时所没有的。

亚历山德拉伸出手去。"弗兰克,"她眼里突然充满泪水,"我希望你能让我友好地对待你。我理解你怎么会这么做的。我对你没有恶感。这件事更多的应该怪他们。"

弗兰克从裤袋里掏出一块很脏的蓝手帕来,哭了起来。他转过身去,背对着亚历山德拉。"我从来没想要对那个女人怎么样,"他喃喃说道,"我也没想要跟那小伙子过不去。我对他没有一点恶感,我一直挺喜欢他的。可我发现他们——"他打住了,脸上和眼里的感情突然熄灭了。他颓然倒在一张椅子里,双目无神地看着地板,两手无力地垂在膝间,手帕摊在他穿着条纹布裤子的腿上。他似乎在脑海中翻腾起一阵厌恶之感,使他五官都麻木了。

"我不是来怪你的,弗兰克。我认为他们比你更该受责怪。"亚历山德拉也感觉麻木起来。

弗兰克忽然抬起眼来向办公室的窗外望去。"我猜那地方都见鬼去了,我那么拚命干活儿的地方。"他慢慢露出苦笑,"我他妈的才不在乎。"他停下来,烦躁地用手掌擦着他头上的短发。"我没头发就不会想事情了。"他解释说。"我英语也忘了。我们这儿根本不讲话,除了骂人。"

亚历山德拉感到迷茫。弗兰克好像经历了一场人格的变化。他身上已经没有丝毫痕迹足以使她认出过去那个漂亮的波希米亚邻居来。他好像已经不完全具备人的特点。她不知道跟他说什么好。

"你不怨恨我吧,弗兰克?"她终于问道。

· 啊,拓荒者! ·

弗兰克握紧拳头,激动地冲口而出:"我从来不对任何女人有什么怨恨,我不是那种男人。我从来没有打过老婆。没有,她有时气得我要死,我也没伤害过她!"他一拳头打在看守长的办公桌上,打得那么厉害。后来他一直心不在焉地拍着桌子。他的脖子和脸逐渐泛上一层浅红色。"两三年来,我就知道她已经心上没我了,亚历山德拉·柏格森。我知道她在追着另外什么男人。我知道她的,喔喔……! 可我从来没伤害过她。我要是手里没枪,我也不会做出那样的事来。我不知道我见了什么鬼要拿起那杆枪。她一直说我是不该拿枪的人。要是她在屋子里就好了——她本来应该在屋里待着的——咳,这都是些蠢话。"

弗兰克擦擦脑袋突然停下来,就像刚才一样。亚历山德拉觉得他这样说着说着戛然而止有点怪,好像忽然有什么东西从心头升起,把他的思维和感觉的能力都给熄灭了。

"是的,弗兰克,"她和蔼地说,"我知道你从来不想伤害麦丽。"

弗兰克向她做了一个怪笑,眼里逐渐充满泪水。"你知道,我几乎已经把那个女人的名字给忘了。她对我来说已经没名儿了。我从来没恨过我老婆,可是那个让我干出这件事来的女人——天地良心,我恨她!我不是好斗的人,我不想杀人,男人女人都不想杀。她在那棵树下搞多少个男人我都不在乎。别的,我什么都不在乎,可就是我杀了那么一个好小伙子,亚历山德拉·柏格森!我想我当时是发疯了,一定的。"

亚历山德拉想起她在弗兰克的衣柜里发现的那根黄藤手杖。她想着他刚来这里时是一个多么生龙活虎的小伙子,那么有魅力,以至于奥马哈最美丽的波希米亚姑娘能跟他跑掉。生活把他推到这样一个地方来实在是没有道理。她狠狠地责怪麦丽了。为什么这么一个天性快活、待人热情的姑娘会给所有爱她的人带来灾难和悲伤,甚至于小时候得意地带她到处走的她那可怜的叔叔,老乔·托维斯基也在内?这是最奇怪不过的事了。是不是一个人那样热心肠、热情奔放就是有点问题?亚历山德拉不愿意这么想,可是家里挪威坟地里还躺着艾米,这里又有弗兰克·沙巴塔。亚历山德拉站起来,握住他的手。

"弗兰克·沙巴塔,我一定尽量设法使你得

到宽赦,不达目的绝不罢休。我一定让省长不得安宁。我知道我会把你从这里弄出来的。"

弗兰克不相信地望着她,不过他从她脸上逐渐得到信心。"亚历山德拉,"他恳切地说,"要是我能从这儿出去,我一定不给这地方找麻烦。我要回老家,去看我母亲。"

亚历山德拉想把手抽回来,可是弗兰克神经质地一直抓着它。他无意识地伸出指头来摸她黑上衣的扣子。"亚历山德拉,"他低声说,一面盯着那颗纽扣,"你不认为我以前是虐待了那个姑娘吧……"

"不,弗兰克。我们不谈这个,"亚历山德拉说着握了一下他的手,"我现在对艾米已经无能为力,我只能尽力帮助你。你知道我是不常出远门的,这回专程到这里来告诉你这一点。"

看守长从玻璃门外用询问的眼光向里面望望,亚历山德拉点点头,他走进来,按了一下桌上的白电钮。看守人走进来,亚历山德拉眼望着他把弗兰克带出走廊,心都沉下去了。她同施瓦兹简单谈了几句之后就走出监狱去找街车。看守长亲切地请她"在院里转一圈",她吓得赶快拒绝了。当车子在崎岖的道路上颠簸地驶回林肯时,亚历山德拉想着她和弗兰克都是同一场风暴的受害者,她虽然还能出来重见天日,但是她的生活也所余无几了,并不比弗兰克强多少。她想起学生时代曾经喜爱的两行诗:

> 而今往后世界于我
> 不过是广阔的囚牢……

她叹了一口气。一种对生活的厌恶之感使她心情沉重。在他们谈话过程中这种感觉曾经两次使弗兰克·沙巴塔的五官凝固起来。她真想现在立刻回到"分界线"。

亚历山德拉回到旅馆时,柜台的职员伸出手指招呼她。她走过去,他递给她一份电报。亚历山德拉茫然看着那黄信封,没有打开就进了电梯。当她在走廊里走着时,心想现在反正什么坏消息也不能伤害她了。她进房间之后,锁上门,坐在梳妆台旁的一张椅子上,然后打开电报,是从汉努威来的,内容如下:

> 昨夜抵汉努威,在此等你,请速归。
> 卡尔·林斯特伦姆

· 啊,拓荒者! ·

亚历山德拉把头靠在梳妆台上,泪如泉涌。

三

第二天下午,卡尔和亚历山德拉走在希勒太太家门外的田野上。亚历山德拉半夜以后离开林肯,卡尔一清早在汉努威车站接她。他们到家之后,亚历山德拉先到希勒太太家去送给她一点从城里带来的小礼物。他们只在老太太门口待了一会儿,然后就出来在洒满阳光的田野里度过了一下午。

亚历山德拉已经换掉她黑色的旅行服,穿上了一件白衣裳;一半是因为她看到那身黑衣服使卡尔不舒服,一半是因为自己穿着也感到压抑。那身衣服有点像她昨天去过的监狱,同这开阔的原野不相称。卡尔变化不大。他脸黑了些,丰满了些,不像一年以前那么酷似一个疲倦的学者了,可是即便现在也没有人会把他看作一个商人。他柔和、明亮的眼睛,他时隐时现的微笑,在克隆代克地方比在"分界线"对他更适宜些,因为在边疆地带总是不乏善于梦想的人。

卡尔和亚历山德拉从早晨一直谈到现在。她的信根本没寄到。他最初是在一家酒店里偶然看到一张四个星期以前的旧金山报纸,才得知这不幸的消息的。那上面简单报导了弗兰克·沙巴塔的审判情况。他一放下报纸就下决心,一定要和信一样快地到达亚历山德拉身边。从那以后,他就日夜兼程赶路,一路上赶最快的火车和船。由于天气坏,他的船还耽搁了两天。

他们从希勒太太家出来之后,又接着打断的话头说下去。

"可是你能这样一走了事,不作安排吗,卡尔?你能把你的买卖丢下不管吗?"亚历山德拉问道。

卡尔笑了。"真是谨慎周到的亚历山德拉!你知道,我碰巧有一个诚实的合伙人,可以把一切都托付给他。事实上,一开始这买卖是他的,你知道。我是在他同意下参加进去的。我明年春天要回去,也许到那时候你会愿意和我一同去了。我们还没有赚到成百万的钱,但是已经有了一个值得继续下去的开端。可是今年冬天我要和你一起过。你不会认为为了艾米的缘故我们还要等更久吧,亚历山德拉?"

亚历山德拉摇摇头,"不,卡尔;我不这么觉得。现在你一定不在乎罗和奥斯卡说什么了吧。现在他们为艾米的事生我的气比为你更厉害了。他们说一切都是我的错,我把他送去上大学就毁了他。"

"我现在一点儿也不在乎罗或者奥斯卡了。我一旦知道你遭了难,知道你需要我,一切就都两样了。你从来都是胜利型的人物。"卡尔犹豫一下,侧眼望着她结实、丰满的身材。"可是你现在确实需要我,是吗,亚历山德拉?"

她把手搭在他胳膊上。"当那件事发生的时候,我需要你极了,卡尔。夜里我想你想得直哭。后来,好像我心肠都硬起来了,我想我也许再也不想你了。可是,昨天我一接到你的电报,于是——于是一切又都恢复到和从前一样了。你知道,现在我在这世界上惟一所有的就是你了。"

卡尔默默地按着她的手。现在他们正经过沙巴塔家的空房子,不过他们避开果园的那条小路而走通向牧场池塘的那条路。

"你能理解吗,卡尔,"亚历山德拉低声说,

"我除了艾弗和西格娜之外没有一个可以说话的人。跟我说说话吧。你能理解吗?你能相信麦丽·托维斯基会干出这种事吗?我是宁愿把自己切成一块一块也不会辜负她对我的信任的。"

卡尔望着前面闪闪发光的水面。"可能她也已经把自己切成一块一块了,亚历山德拉。我相信她一定尽了很大的努力,他们两人都是这样。艾米之所以到墨西哥去当然也是因为这个。而且,如你告诉我的,他又准备走了,虽然他回家才三星期。你记得我同艾米一起去参加法国教堂义卖会的那个星期日吗?我觉得那天他们两人之间有一种不寻常的感情。我本来想跟你谈这件事的。可是在半路上碰上了罗和奥斯卡,把我气得要命,结果别的事都忘了。你不要对他们太严酷,亚历山德拉。在池边坐一会儿,我要告诉你一件事。"

他们坐在杂草丛生的岸边,卡尔告诉她一年多以前的那天早晨他如何看见艾米和麦丽来到这池塘边,当时他如何觉得他们是那样年轻、可爱、美到极点。"世界上有些事就是这样的,亚历山德拉,"他恳切地说,"过去我也见过这样的事。

有的女人到处散布祸害,但不是她的过错,就是由于她们太美丽,太富于生气和爱。这是她们自己无能为力的。人们爱靠近她们,就像冬天爱往火边靠一样。当她还是小姑娘的时候我对她就有这种感觉。你还记得那天在那家铺子里她给艾米糖的时候那些波希米亚人如何围着她转吗?你记得她眼睛里那黄色的闪光吗?"

亚历山德拉叹口气。"是啊,人们都情不自禁地爱上她。我想可怜的弗兰克一直到现在还爱她;不过他生活这么一团糟,所以长期以来他的爱比恨还要苦。不过你既然看出问题来,你就应该告诉我,卡尔。"

卡尔拉起她的手,耐心地微笑着。"亲爱的,那是隐隐约约感觉到的,就像你觉得春天快来了,或是在夏天感到暴风雨即将来临一样。我并没有看到什么。只不过当我看到这两个青春少年时,我感到自己都热血沸腾起来——怎么说呢?——感到生活的节奏都加快了。我走了之后,这件事太微妙,太复杂,写信就没法写了。"

亚历山德拉悲伤地看着他。"我尽量对这件事采取比我往常开明的态度。我努力去理解,人生来并不都是一样的。只是为什么不能是劳尔·马赛,或是扬·斯默卡?为什么一定要是我的孩子呢?"

"因为他是这里最好的小伙子,我猜。他们两人都是这里最出色的。"

两个朋友站起来重新上路,这时西边的夕阳已经低落。草垛投下长长的影子,猫头鹰飞回草原犬鼠之家。当他们走到两家牧场交界的角落时,亚历山德拉的十二匹小驹在小山脊上奔驰。

"卡尔,"亚历山德拉说,"我愿意春天跟你一起到你那儿去。自从漂洋过海到这里来之后,我还没有到过水上。我们刚到这里的时候,我还常常梦见父亲工作过的船坞,还有一个小水湾,里面满是船桅。"亚历山德拉顿住了,想了一下之后又说,"不过你决不会要我永远离开这儿吧,是不?"

"当然不会,我最亲爱的。我想我跟你自己一样理解你对这地方的感情。"卡尔用双手捧起她的手,温柔地握着。

"是的,我的感情依旧没变,虽然艾米不在了。当我今天早晨在火车上快要到达汉努威时,我就有一种感觉,就像大旱那一年我和艾米从河边赶车回家时的感觉一样。我觉得回到老地方很高兴。我在这儿已经住了很长时间。这里十分安宁,卡尔,而且自由。……当我从弗兰克待着的监狱里出来时,我以为我从此再也不会感到自由了。可是回到这里,我又感到了自由。"亚历山德拉深深吸了一口气,望着红彤彤的西天。

"正如你常说的,你是属于土地的。"卡尔喃喃地说,"现在尤其如此。"

"是的,现在尤其如此。你还记得你曾经说过的关于墓地,关于一遍一遍地写那古老的故事的那些话吗?只不过现在是我们在写,用我们最美好的一切来写它。"

他们停在牧场的最后一座山岗上,下面是标志着柏格森宅地的房子、磨房和马厩。山岗的两边都是土地,如褐色波浪般滚滚向前,直到与天相接。

"罗和奥斯卡是体会不到这些的。"亚历山德拉突然说道。"就算我立遗嘱把地给他们的孩子,又有什么区别呢?土地是属于未来的,卡尔;我就是这么看的。五十年后,县里登记册上的名字又有几个还留着?我要是立遗嘱把那边的落日留给我弟弟的孩子,不也照样可以吗?我们是这里的过客,而土地是长在的。真正爱它、了解它的人才是它的主人——那也不过是短暂的。"

卡尔惊异地看着她。她还在凝视着西方,脸上的神情崇高而宁静,这是她在感情最深沉的时刻所特有的。

"你为什么现在想到这些事呢,亚历山德拉?"

"我到林肯之前做了一个梦——不过我以后再告诉你,等我们结婚以后。现在,这个梦不会像我原来以为的那样实现了。"她挎起卡尔的胳膊一同向门口走去。"这条路我们一起走过多少次,卡尔,今后我们还要一起走多少次!你是不是觉得好像回到了自己的家里?你在这个环境里觉得安宁吗?我想我们会很幸福的。我没有什么可害怕的。我想好朋友结婚比较可靠。我们不会遭受痛苦——像那些年轻人那样。"亚历山德拉最后叹了一口气。

他们走到了大门口。在开门之前,卡尔把亚历山德拉搂过来,轻轻地吻她的嘴唇和眼睛。

她紧靠着他的肩头,"我真累了,"她低声道,

"我一直很寂寞,卡尔。"

他们一起走进屋里,把"分界线"留在身后,上空悬着一颗黄昏星。多么幸运的田野!它终于敞开胸怀接受了像亚历山德拉那样的颗颗赤心,然后又把它们奉献给人间——在金黄的小麦里,在沙沙作响的玉米里,在青春闪亮的眼睛里。

薇拉·凯瑟生平简历

一八七三年　十二月七日生于美国弗吉尼亚洲温切斯特附近农场。

一八八三年　全家移居至内布拉斯加。

一八九一年　进入内布拉斯加大学进修英文,开始在当地报纸杂志上发表文章。

一八九六年　迁至匹兹堡,为一家妇女杂志撰稿,并在中学教授拉丁文、几何和英语写作,开始写作短篇小说。

一九〇五年　出版第一个短篇小说集《巨怪花园》。

一九〇六年　迁至纽约,在《麦克卢尔》杂志社任编辑。

一九一二年　《麦克卢尔》连载薇拉的长篇小说《亚历山大的桥》。

一九一三年　出版"草原三部曲"之《啊,拓荒者!》。

一九一五年　出版"草原三部曲"之《云雀之歌》。

一九一八年	出版"草原三部曲"之《我的安东尼娅》。
一九二二年	因小说《我们中间的一个》获普利策小说奖。
一九二五年	出版小说《教授之家》。
一九二七年	出版小说《大主教之死》。
一九三一年	出版畅销书《岩石上的影子》。
一九三五年	出版畅销书《露西·盖伊哈特》。
一九四七年	四月二十四日在纽约曼哈顿家中去世。

主要作品表

《啊,拓荒者!》

《云雀之歌》

《我的安东尼娅》

《一个迷途的女人》

《教授之家》

《大主教之死》

《莎菲拉和女奴》

《亚历山大的桥》

《巨怪花园》

《青春和美艳的美杜莎》

《无常人生》

《美女暮年及其他故事》

《蜂鸟文丛》

第一辑（按作者生年排序）

苹果树	〔英〕约翰·高尔斯华绥
一个陌生女人的来信	〔奥地利〕斯蒂芬·茨威格
奥兰多	〔英〕弗吉尼亚·吴尔夫
熊	〔美〕威廉·福克纳
乞力马扎罗山上的雪	〔美〕欧内斯特·海明威
文字生涯	〔法〕让-保尔·萨特
局外人	〔法〕阿尔贝·加缪
我的包着红头巾的小白杨	〔吉尔吉斯斯坦〕钦吉斯·艾特玛托夫
饲养	〔日〕大江健三郎
夜半撞车	〔法〕帕特里克·莫迪亚诺

第二辑（按作者生年排序）

野兽的烙印	〔英〕约瑟夫·鲁德亚德·吉卜林
地粮	〔法〕安德烈·纪德
米佳的爱情	〔俄〕伊万·布宁
都柏林人	〔爱尔兰〕詹姆斯·乔伊斯
乡村医生	〔奥地利〕弗兰茨·卡夫卡
蜜月	〔英〕凯瑟琳·曼斯菲尔德
印象与风景	〔西班牙〕费德里科·加西亚·洛尔迦
被束缚的人	〔奥地利〕伊尔泽·艾兴格尔
孩子，你别哭	〔肯尼亚〕恩古吉·瓦·提安哥
他和他的人	〔南非〕J.M. 库切

第三辑（按作者生年排序）

黑暗的心	〔英〕约瑟夫·康拉德
啊，拓荒者！	〔美〕薇拉·凯瑟
人的境遇	〔法〕安德烈·马尔罗
爱岛的男人	〔英〕D. H. 劳伦斯
竹林中	〔日〕芥川龙之介
动物农场	〔英〕乔治·奥威尔
夜里老鼠们要睡觉	〔德〕沃尔夫冈·博尔歇特
车夫，挥鞭！	〔法〕达尼埃尔·布朗热
沉睡的人	〔法〕乔治·佩雷克
火与冰的故事集	〔英〕A.S. 拜厄特